Camilla Marinoni

pazza

#readingwithlove

Tutti i diritti sono riservati incluso il diritto di riproduzione integrale o parziale in qualsiasi forma.

ISBN: 9791280555151

Editing: Susanna Barbaglia

Immagine e grafica di copertina
Alessandro Nodari

© 2021 #readingwithlove

Seguici su Facebook (readingwithlove.official),
Instagram (readingwithlove_official) e sul nostro sito
www.readingithlove.it

Dedicato a mia sorella Valentina,
e a tutte le nostre antenate
che ci hanno reso quelle che siamo

Quando scrivi di qualcuno fallo come
se dovessi vendicarlo.
Gustave Flaubert

Ssssh...

Voglio dormire.

Lasciatemi tranquilla nel letto con i miei fantasmi. Sono i soli rimasti a farmi compagnia.

Forse i dottori hanno ragione a dire che sono malata, ho sprecato tutta la mia vita rinchiusa qui.

Sono stata punita per un errore.

Ho pagato, ma non vi basta ancora.

Il mio unico desiderio era di tornare a casa per lavorare e badare ai miei genitori ormai anziani. Mio padre era riuscito a persuadere i medici a farmi uscire "in prova".

Volevo vivere tranquilla con loro e con la mia spina nel cuore.

Finalmente a casa. Ero felice, così sicura di avere cancellato il mio passato.

Forse sarei riuscita anche a dimenticarlo. Poi ho avuto un unico momento di follia.

Mi hanno mandata da sola a fare la legna. Mi sono ritrovata al "nostro posto". Per un momento mi è sembrato di vederlo lì, con la sigaretta in bocca ad aspettarmi.

Sono corsa via.

Le lacrime scorrevano ribelli sulle guance, non riuscivo a fermarle.

Ho iniziato a tagliare freneticamente gli arbusti con il falcetto. Mi sembrava di udire i rami spezzati urlare il loro tormento. Per non sentirli, mi sono messa a cantare a squarciagola.

Non volevo più sentire il loro dolore, e quello mio.

Sono passati dei compaesani e lo hanno raccontato a mia sorella.

La mattina dopo è arrivata un'auto nera con due uomini davanti a casa. Mi hanno caricato di forza e condotto alla mia destinazione ultima: il manicomio di San Martino.

Ancora una volta.

Questa volta, me lo sento nel cuore, è per sempre.

Ora mio padre che mi ha voluto tanto bene non c'è più. Per mia sorella sono solo un peso. I parenti mi hanno spogliato dell'eredità, ogni tanto mi allungano qualche cosa per lavarsi la coscienza.

Non sono pazza, sono solo un'infelice con il cuore spezzato.

Perché alzarmi allora?

Ho tentato di spiegare le mie ragioni, ma nessuno mi ha dato retta.

Mi avete immobilizzata al letto con cinghie. Il mio corpo è stato violato, stuprato, esaminato, torturato.

Tremori provocati dai vostri veleni lo hanno attraversato senza controllo.

Sono stata costretta a un sonno profondo artificiale, per risvegliarmi poi rimbecillita con la memoria vergine.

Ho urlato, insultato, graffiato. Rifiutato il cibo. Tentato la fuga.

È stato tutto vano.

Unica mia trasgressione, parlo con il mio angelo custode ogni notte.

Non possono vietarmi anche questo. Non ho nessun altro con cui farlo.

Nessuno qui mi ascolta.

Sono così sola.

L'anima non scorda nulla, i ricordi riaffiorano alla mente con maggior dolore.

Gli racconto il mio strazio, che non mi abbandona mai.

Con qualcuno devo pure sfogarmi.

Cosa mi resta da fare, ormai?

Anche se riuscissi a convincerli a lasciarmi uscire, dove potrei andare?

Non ho nessuno là fuori che mi aspetta. Per tutti sono ormai invisibile.

Non possiedo più nulla, solo il mio nome.

Avete vinto voi, mi avete spezzata.

Ora ubbidisco.

Parlo solo se interrogata. Non mi lamento più.

Osservo i miei aguzzini ogni secondo della mia giornata, attenta a non contrariarli mai.

È diventata solo una questione di sopravvivenza.

Nessuno si ricorda del mio passaggio su questa terra, è come se non fossi mai nata.

Una vita cancellata.

Una vita sprecata.

Ombretta

Gennaio 2017

È il mio compleanno, ma quest'anno non ho nessuna voglia di festeggiarlo. Davanti a me una busta aperta con una lettera ciclostilata del Comune di Milano. Ho compiuto cinquant'anni, quindi ho diritto di fare gli esami anti tumorali gratuitamente.

Bel modo di ricordarmi che ho superato il mezzo secolo. Non lo avevo ancora considerato da questa prospettiva. Aprire quella lettera me lo ha fatto rotolare addosso.

Ho disegnato una riga su un foglio. A un capo, la mia data di nascita, dall'altro un punto di domanda. A tre quarti un segno per indicare dove sono arrivata.

Quando si è giovani si pensa di avere l'eternità davanti a sé, la morte è vista come qualcosa che verrà un giorno non meglio identificato.

La lineetta dei cinquanta è molto più vicina al punto di domanda.

Mi sono guardata allo specchio. Un reticolo di sottili rughe intorno agli occhi. Il collo lievemente appassito. Braccia e seno non sono più tonici come una volta. Chili imbarazzanti sulle cosce e i fianchi.

Quando sono invecchiata? Come ho fatto a non accorgermene?

Cinquanta e così tanto ancora da fare. Come è volato veloce il tempo. Ieri sognavo un futuro luminoso come scrittrice e giornalista. Ho sacrificato tutto per questa fantasia. Tanto ho una vita davanti a me, mi ripetevo.

Quanto mi sono ingannata.

Tutta una vita a rincorrere l'utopia di pubblicare un grande romanzo, accontentandomi alla fine, per pagare le bollette, di tanti impieghi temporanei e di scrivere occasionalmente qualche articolo per delle riviste.

Continuo a rimaneggiarlo, lo spedisco a concorsi, agenti letterari e case editrici.

L'unico risultato è una risposta standardizzata:

Gent.ma Ombretta,
Abbiamo letto con attenzione la sua proposta e siamo spiacenti di comunicarle che non rientra nel profilo di opera che ci vediamo capaci di rappresentare. Poiché questa decisione risponde a un criterio di analisi e gusto del tutto personali e soggettivi, la invitiamo a contattare altre agenzie.
Ringraziandola per la fiducia accordataci,
un cordiale saluto.

Forse non è destino, oppure non ho la stoffa necessaria.

Tutti questi insuccessi qualcosa vorranno pur dire.

È tempo di mettere la testa a posto.

Devo cambiare rotta, ma che alternative ho?

Non mi posso più permettere di sbagliare, il tempo che mi resta da vivere è limitato.

Ho bisogno di una pausa dalla mia realtà. Una parentesi tra il tempo presente e quello futuro. Uno spazio dove sospendere la mia esistenza, per capire cosa voglio.

Un bip del cellulare interrompe il flusso negativo di pensieri.

È Emma.

La mia amica vagabonda alla ricerca infruttuosa dell'uomo perfetto.

Lei comunica solo attraverso messaggi su Whatsapp: veloci, lapidari, impersonali.

«Buon compleanno! Stai festeggiando?»

«Non ne ho voglia. Dopotutto è un giorno come un altro».

«Il solito entusiasmo!», ride lei all'altro capo del telefono. «Ho una proposta per tirarti su il morale. Ti va di venire a Catania con me? Si parte fra un paio di settimane per la festa patronale di Sant'Agata».

Una breve pausa prima di rispondere.

Non so nulla di questa santa.

Non sono religiosa.

Non sono mai stata in Sicilia.

Perché quindi non andare? L'Universo ha risposto alla mia richiesta di aiuto. Mi farà bene cambiare aria, anche solo per qualche giorno.

«Grazie, accetto».

Febbraio 2017

Siamo ormai al termine della nostra breve vacanza a Catania.

L'ho trovata bellissima, anche se mi pare di essere sbarcata in un altro continente. Usanze, cucina, lingua, tradizioni sono all'estremo opposto di quelle nostre lombarde.

La cima innevata dell'Etna che fuma inquietante e l'azzurro del mare invernale rendono questa terra ancora più esotica.

Durante la festa di Sant'Agata la popolazione si dimentica ogni cosa per concentrarsi sulla celebrazione, un misto di devozione e di folklore, che attira ogni anno sino a un milione di persone, tra fedeli e curiosi.

Leggo online che è ritenuta la terza festa religiosa più importante al mondo, dopo la Settimana Santa di Siviglia e il Corpus Domini di Cuzco in Perù.

Un fercolo d'argento *"a vara"*, con un busto contenente le reliquie della Santa, viene portato in processione per le vie, seguito da centinaia di uomini, donne e bambini devoti, vestiti con il tradizionale *"sacco"* (una tunica bianca stretta da un cordone, cuffia nera, fazzoletto e guanti bianchi), aggrappati a due cordoni di oltre cento metri.

La vara viene seguita da undici *"cerei"* o *"cannalori"*, alte colonne di legno che rappresentano le corporazioni delle arti e dei mestieri della città. Su tutto, il grido unanime della devozione *«Cittadini, cittadini, semu tutti devoti?»*

Mi piace questo mantenere intatta la loro memoria antica. A Milano l'abbiamo persa, non sentiamo più le nostre radici. Forse per questo sembriamo così smarriti e ci gettiamo sulle tradizioni altrui.

La gente è cordiale, si ferma volentieri a chiacchierare con noi.

Della loro santa non so quasi niente, ma dopo tre giorni in sua compagnia, ho imparato a conoscerla e ad ammirarla nei racconti dei celebranti lungo la strada.

La mia amica chiede notizie su di lei a una minuscola vecchina. Questa le risponde in dialetto stretto.

Emma la guarda sconsolata, ringrazia e viene via, borbottando a voce bassa, «Mi sento più a casa a Parigi che qui, non capisco una parola».

Un anziano frate, dietro di noi in attesa del passaggio della santa, ha sentito le sue parole. Scoppia a ridere, e per consolarla, le racconta la sua storia.

«Sant'Agata è stata una delle martiri più venerate dell'antichità cristiana. Fu messa a morte durante la persecuzione di Decio intorno al 250 a Catania, perché non voleva tradire la propria fede cristiana. La leggenda narra che fu una giovane fanciulla coraggiosa, seppe tenere testa con argomentazioni erudite a chi la stava torturando, affrontandoli coraggiosamente fino alla morte».

Si rivolge quindi a me, e guardandomi mi chiede se ho origini siciliane.

«Capelli rossi, pelle nivea e occhi azzurri? Mi pare improbabile», gli rispondo ridendo.

«La Sicilia è stata invasa dai Normanni, quindi anche questi colori appartengono alla mia isola. Siamo un popolo da sempre multietnico, terra di conquistatori e conquistati».

Sono rimasta senza parole. Come possiamo scordarcene così facilmente?

Mi hanno colpito la determinazione e il coraggio di Agata, qualcosa che a me ultimamente manca.

Sono qui per fuggire dalla mia zona grigia. Troppo vigliacca per ammettere il mio fallimento. Ma anche troppo inetta, perché non voglio scegliere una nuova direzione.

Non sarebbe meglio cercarmi un lavoro che mi assicuri un futuro, e lasciar perdere questa mia fantasia di diventare scrittrice? Però continuo anche a ripetermi che senza sogni non ha senso vivere.

Vorrei essere determinata come la santa.

Come promemoria del suo insegnamento, ho acquistato in una bancarella una medaglia con la sua immagine incisa, l'appenderò sopra la mia scrivania.

Vi è raffigurata una giovane donna imprigionata tra pareti di pietra. Il suo sguardo fiero è rivolto verso l'alto, simbolo della sua indomita volontà.

Passeggiando per la città in attesa del volo, ci siamo trovate davanti a Castello Ursino, dove espone in questi giorni il museo itinerante della Follia a cura di Vittorio Sgarbi.

Una mostra visiva che racconta la follia attraverso i quadri di grandi artisti, accostati alle fotografie di malati mentali, immortalati nelle condizioni umilianti e dolorose nel manicomio catanese.

Fotografie di sguardi persi nel vuoto. Esseri umani accalcati uno sull'altro come a volere fuggire attraverso l'obbiettivo.

Ne sono attratta e nello stesso tempo respinta. Mi sono dovuta fare forza per non fuggire via.

Le immagini esposte del girone infernale degli internati siciliani si sono mescolate ai miei ricordi dell'ospedale psichiatrico San Martino di Como.

Da tanti anni non ci pensavo più.

Quegli occhi sbarrati sembrano fissarmi dalle pareti, colmi di terrore e pazzia. Come quelli incontrati quando, bambina, avevo percorso il parco del manicomio per andare a trovare Angela.

Il suo ricordo riaffiora nella mia memoria. Per tentare di esorcizzarla, anni fa le avevo dedicato un racconto. La scrittura serve anche a questo, per andare avanti e mettere un punto a un episodio mai dimenticato.

Quella volta non ha funzionato. Lei è rimasta nei miei pensieri, sembra volere qualcos'altro da me.

Angela è uno dei ricordi della mia infanzia.

Non avevo ancora dieci anni quando la incontrai per la prima e unica volta, durante una visita con mia nonna al Manicomio San Martino a Como, dove era ricoverata.

Ricordo l'eccitazione per il viaggio in treno da Milano.

Per tenermi tranquilla, la nonna mi raccontò una leggenda sul canale Villoresi, che scorre lungo la ferrovia per un pezzetto di strada.

Un ragazzo annegò nelle sue acque tanti anni prima della mia nascita. Da allora, il suo spettro trascina sott'acqua altri coetanei, così da avere dei compagni di gioco nella sua solitudine perpetua.

Storie di spiriti per prepararmi all'incontro con un altro genere di fantasma.

L'arrivo al manicomio.
Un grande parco, tante anime perse nei suoi viali.

Una porta, una stanza spoglia con delle sbarre all'unica finestra, un tavolo e due sedie di ferro.

Un'infermiera ci fece accomodare, poi Angela entrò.

La guardavo intimidita, un viso senza tempo, i capelli candidi come la neve, un camicione informe.

Lei era concentrata su mia nonna, non so nemmeno se si accorse di me.

Chiese dei parenti, perché non la venivano a trovare.

«Sono così impegnati».

«Quando mi fate uscire da qui?»

A questa domanda non ebbe risposta.

Ci accompagnarono nello studio del medico curante.

Ricordo ancora la voce esasperata di lui.

«Angela sta bene, è solo debilitata per i tanti anni passati qui. È sua sorella, non ha pietà di lei?»

La risata beffarda di mia nonna, «Io lavoro, non posso tenerla con me, o pagare qualcuno che badi a lei».

Pensai, *Non è vero. Sei ricca. Perché non la tiri fuori di qua?*

Mentre tornavamo alla stazione, la nonna inciampò su una rotaia della ferrovia, facendosi parecchio male.

Ne fui contenta, mi pareva che l'angelo bianco rimasto in manicomio fosse stato vendicato almeno un poco.

Da adulta, interrogai i miei parenti sul motivo dell'internamento. Mi raccontarono che era lì perché si era innamorata dell'uomo sbagliato, un medico svizzero. La famiglia non aveva approvato questa unione, così lei era finita in manicomio.

Mi sembrò assurda come spiegazione, ma non riuscii a scoprire molto di più.

Provai invano a fare delle ricerche, ma non trovai nulla. Bocche chiuse e porte sbarrate.

Alla fine abbandonai la sua storia per vivere la mia.

Ma lei rimase sempre in un angolino della mia mente.

Donne coraggiose, perseguitate a causa della loro ribellione alla condizione femminile. Agata venne riconosciuta, Angela cancellata dalla storia.

È arrivato il momento di renderle giustizia.

Ma tornata a casa, sono ringhiottita dalla mia vita frenetica.

L'idea di fare ricerche su Angela mi sembra sempre più bizzarra. È impossibile accedere alla sua cartella clinica, non sono una sua erede diretta.

Il viaggio è stata una parentesi, ma i problemi sono ancora tutti lì. Devo pensare a risolvere la mia vita, dove potrei trovare il tempo per investigare su di lei?

È solo una fantasia nata dall'emozione suscitata dal museo della Follia. Non saprei nemmeno a quale ufficio rivolgermi per cominciare la ricerca. È passato più di un secolo dalla sua nascita. Quelli che l'avevano conosciuta sono di sicuro morti.

Però quegli occhi smarriti visti nelle fotografie non mi vogliono abbandonare.

Inutile tentare di fuggire a quello che è già stato scritto. La sorte ha deciso per me.

Sabato pomeriggio. Sono al bar con Marianna, un'amica psicologa. È da un po' che non ci vediamo. È catanese, mi chiede del viaggio, è curiosa di sapere se mi è piaciuta la sua città.

«Mi ha conquistato per la sua bellezza particolare. Però mi è successo un fatto singolare. A causa di una visita al Museo della Follia a Castello Ursino, mi è tornata in mente la storia di una mia parente ricoverata presso il manicomio di Como. Ho pensato di ricostruire la sua storia, mi ha sempre incuriosito. Ma sono passati troppi anni e la burocrazia ospedaliera è simile a un processo kafkiano. Per me sarebbe facilissimo perdermi, perché non ho dimestichezza con il suo linguaggio. Chissà poi che fine hanno fatto le cartelle cliniche quando il manicomio è stato chiuso».

«Forse ti potrei aiutare», si offre lei. «Ora lavoro nel reparto psichiatrico dell'ospedale Sant'Anna di Como, i faldoni dei pazienti psichiatrici dovrebbero essere conservati nel suo archivio».

Non ci posso credere, il Fato mi sta dando una mano. Le racconto quel poco che so di Angela.

«Mi serve sapere soprattutto a quale ufficio devo rivolgermi».

«M'informo e ti faccio sapere anche quale documentazione presentare per ottenere la cartella clinica. Inoltrami via email tutto quello che sai su di lei, poi lasciami qualche giorno».

***

marianna@libero.it
a: ombretta@gmail.com
data: 14.02.2017, 16:42
oggetto: R: Aggiornamento Manicomio

Cara Ombretta,

ho ricevuto l'email che ti avevo richiesto con i dati in tuo possesso. Ci sto lavorando. L'ufficio competente è aperto da lunedì a venerdì dalle 9.00 alle 12.30. Domani mattina chiamerò e ti invierò poi informazioni più dettagliate sulla procedura da seguire
Nel frattempo ho trovato un articolo che potrebbe interessarti. È stato pubblicato sul Corriere di Como nel 2013. Dice che le cartelle cliniche dell'ex ospedale psichiatrico sono state portate a Parma e sono gestite da una Società che si chiama   Italarchivi. "Chiunque abbia bisogno di consultare l'archivio può fare una richiesta, naturalmente motivata, alla direzione amministrativa del presidio ospedaliero Sant'Anna. Sarà l'azienda stessa a far arrivare il materiale a Como e fare in modo che chi ne ha bisogno possa accedervi".

***

marianna@libero.it
a: ombretta@gmail.com
data: 16.02.2017, 11:17
oggetto: R: Aggiornamento Manicomio

Cara Ombretta,

la procedura per la richiesta di rilascio di copia cartella clinica è la seguente:

* compilare la richiesta di rilascio cartella clinica (in allegato)
* compilare la dichiarazione sostitutiva atto notorietà in allegato (che dovresti far firmare per consenso anche ad eventuali altri eredi in vita di cui bisogna allegare copia carta di identità)
* consegna a mano oppure invio tramite fax o modalità specificate nell'informativa (in allegato)
* È previsto il pagamento per la riproduzione della documentazione nelle modalità specificate nell'informativa.
* Puoi scaricare la modulistica anche sul sito dell'ASST a questo link (sito dell'ASST-Lariana nell'area Cartella Clinica)

È però fondamentale, prima di accedere a tale procedura, essere in possesso delle date di nascita e morte, e del primo ricovero.

Per ulteriori informazioni puoi prendere contatti con l'Ufficio competente (n. 031/58598xxx).

Un abbraccio,
Marianna

<u>3 allegati</u>

La documentazione da compilare non è molta come credevo, ma mi servono questi dati anagrafici che non conosco. Al momento so solo il suo nome e il paese dove è nata.

Non dispero però di riuscire a recuperarli. Dopo questo primo grosso aiuto arrivato dal cielo, sono convinta che riuscirò a ricostruire la sua storia, o almeno una parte.

Indagare sulla sua vita mi distrae dal pensiero della mia. Mi pare così vuota e inutile al confronto.

Angela è ricomparsa al momento giusto.

Ieri ho fatto un primo tentativo richiedendo online un suo certificato di stato di famiglia, ma l'Agenzia a cui mi sono rivolta, non è stata in grado di fornirmi i dati che m'interessano.

Dove posso trovare delle informazioni su di lei?

Questa mattina, mentre ero ancora a letto, ho avuto un'intuizione.

All'inizio del ventesimo secolo, la parrocchia era l'unica istituzione che possedesse dati anagrafici aggiornati. Battesimi, matrimoni e funerali venivano fedelmente registrati.

Mi sono alzata e ho acceso il portatile per cercare l'indirizzo email del parroco attuale di Manera.

Da: ombretta@gmail.com
a: parrocchiamanera@gmail.com
data: 20 feb 2017, 8:47
oggetto: Ricerca dati famiglia

Gentile Parroco,
mi chiamo Ombretta XXX, sto facendo una ricerca riguardo ad alcune mie parenti nate alla Manera, nella famiglia XXX, nel primo novecento.
In particolare su uno dei suoi membri, Angela, nata a Manera fraz. di Lomazzo (Co) intorno al 1900-1910 e morta intorno al 1970-1980.
Aveva una sorella: Ida (mia nonna paterna) morta nel 2006.
Vorrei chiederle se è possibile ricavare dagli albi parrocchiali la sua data di nascita (e di morte, qualora fossero scritte) e il nome dei suoi genitori, e qualunque altro dato sia possibile fornirmi.
Sto raccogliendo del materiale, perché vorrei ricostruire la sua storia.
La ringrazio anticipatamente per qualunque aiuto mi possa dare.

Le lascio il mio numero di cellulare e l'indirizzo email, per ulteriori chiarimenti.

Cordiali saluti,
Ombretta

Ora non mi resta che attendere.

Il parroco mi ha risposto in tarda mattinata. Ha inoltrato la mia email a un suo parrocchiano che si occupa dell'Archivio ed è appassionato di ricerche storiche.

Qualche giorno dopo, quest'ultimo mi ha spedito l'albero genealogico della famiglia di mia nonna fino alla terza generazione.

I dati sono trascritti, come speravo, nel "*Libro delle Anime*", come viene chiamato il registro parrocchiale. Il nome ha qualcosa di poetico. Registrano anime, non semplici "*corpi*" passati per un più o meno breve periodo sulla Terra.

Ho finalmente una base da cui iniziare.

Conosco la sua data di nascita (28 luglio 1910), il nome dei suoi genitori (Clementina e Serafino) e l'indirizzo di dove abitavano (Curt di Zupitt). Mi manca però la data della sua morte. Questa non è riportata sul registro, perché Angela non è deceduta in paese.

Suppongo che sia morta a Como, forse in manicomio.

Nuova ricerca online dell'indirizzo email dell'ufficio dello Stato Civile del Comune di Como.

Sono diventata bravissima a fare richieste. Ho preparato un format di presentazione di chi sono e cosa cerco. Poi aggiungo i dati che ho ottenuto nella ricerca precedente. In questo caso un ipotetico periodo del suo decesso (1970 – 1990).

Questa è la risposta pervenutami:

Deceduta a Como il 25-08-1985.
Per quando riguarda il luogo di sepoltura, è stata trasportata al Comune di Lomazzo ed è pertanto lì che deve cercare notizie della tumulazione.

Marzo 2017

Sono pronta per fare richiesta della cartella clinica di Angela all'Archivio dell'Ospedale Sant'Anna. Sono in possesso di tutti i dati richiesti e ho scaricato i moduli online, compilando le varie voci.

Mi manca un solo dato, quello del primo ricovero. Un'impiegata dell'ufficio preposto che ho contattato telefonicamente, mi ha assicurato che posso inserire in questa prima fase una data presunta. Non è detto che accettino la mia richiesta, devono prima vagliare la mia idoneità. Per questo inoltrerò anche fotocopie dei miei documenti di riconoscimento.

Ho spedito tutto via fax, ma il cartolaio non è riuscito a stampare il report dell'avvenuta ricezione, così ho telefonato per avere una conferma.

«Buongiorno. Questa mattina ho inoltrato un fax per la richiesta di una cartella clinica di una paziente che è stata ricoverata al San Martino ed è deceduta probabilmente lì nel 1985. Il suo nome era Angela XXX. Può gentilmente verificare se è arrivato?»

«Mi dispiace, non ne sono sicura. C'è una scatola zeppa di fogli ricevuti non ancora letti. Deve attendere e provare a richiamare fra un paio di settimane».

«Avrò poi la certezza che lo abbiate preso in carico?»

«Se vuole una conferma, meglio inviare una raccomandata con ricevuta di ritorno».

Grosso sospiro da parte mia, sto per addentrarmi nella burocrazia ospedaliera.

«Mi può indicare l'ufficio esatto a cui spedirlo?»

Quindi sono corsa in posta per spedire la raccomandata.

Ora non mi resta che attendere fiduciosa l'arrivo della cartella clinica, o almeno una loro risposta.

L'indagine sulla storia di Angela è ufficialmente iniziata, non mi rimane che colmare un vuoto di settantacinque anni.

Il primo passo da fare è interrogare mia madre su Angela durante la nostra solita telefonata quotidiana. Oramai è l'unica testimone ancora in vita che l'abbia conosciuta.

«Ciao mamma, come va oggi?»

«Come al solito, sempre sola davanti alla televisione».

«Perché non esci a fare una passeggiata? È una splendida giornata».

«Dove vuoi che vada? Se tu fossi una brava figlia, mi verresti a tenere compagnia», mi risponde rabbiosa.

Sospiro, meglio cambiare discorso.

«Mamma, ti ricordi di Angela, la sorella della nonna paterna?»

«La pazza? Perché t'interessa?»

Non le voglio raccontare cosa sto facendo, inizierebbe a rimproverarmi di perdere tempo invece di cercarmi un lavoro serio.

«Mi è tornata in mente ieri sera mentre guardavo un documentario sui manicomi. Com'era?»

«Non l'ho frequentata molto, era quasi sempre ricoverata. Mi ricordo però di una volta quando andai con tuo padre a conoscere i suoi nonni al paese e lei era stata dimessa per un breve periodo. Mi regalò un mazzo di fiori bianchi. Le aveva colti per la "sposina", così mi chiamava».

«Che atto gentile».

Mia madre si mette a ridere, «Era fuori di testa, lo dicevano tutti in famiglia. Non è stato poi un grande gesto. Invece di pensare a quella gente, perché non mi vieni a trovare?»

«Prometto che fra qualche giorno vengo».

«Sì, vabbè. Ora devo andare, la telenovela sta per iniziare. Ciao». Rimango con la cornetta in mano, tante domande ancora inespresse.

Mentre attendevo la risposta dell'ospedale, avevo anche contattato il comune di Lomazzo per avere informazioni sulla famiglia. Erano stati molto gentili, si erano offerti di indagare per me.

La prima risposta è arrivata ieri sera, mentre ero alla lezione settimanale di Tai Chi.

Stavo tentando di riprodurre la forma Tredici, attenta a seguire i movimenti armoniosi del maestro, quando la suoneria del mio cellulare ha rotto il silenzio della sala.

Imbarazzatissima, mi sono precipitata ad abbassare la suoneria. Controllo il numero, non lo conosco. Richiamerò domani.

Torno a seguire la lezione. Dopo cinque minuti, è partita rumorosa la vibrazione. Si sentiva distintamente anche se il cellulare era in borsa.

Occhiatacce dei partecipanti mi convincono a uscire.

Sento una voce simpatica all'altro capo dell'apparecchio, «Buonasera, mi chiamo Luigi. Ho scoperto che siamo cugini, anche se alla lontana. Lavoro nel comune di Lomazzo e ho saputo delle sue ricerche. Mio padre Pasquale era primo cugino di Angela e sarebbe felice di incontrarla».

«…».

«Pronto? È ancora lì?»

«Mi scusi, non mi sarei mai aspettata questa telefonata. Mi ha lasciato senza parole».

Ride della mia sorpresa.

«Mi farebbe molto piacere conoscervi e intervistare suo padre».

«Sentiamoci fra una settimana. Ha novantacinque anni e lo devo preparare alla sua visita».

Angela

Luglio 1910

Il 1910, a detta di tutti, fu un anno funesto.

La Terra avrebbe dovuto cessare di esistere.

Secondo alcuni calcoli astronomici, gli scienziati erano arrivati alla conclusione che il 20 maggio di quell'anno il pianeta si sarebbe scontrato con la coda della cometa Halley.

Erano tutti concordi che ci sarebbe stata una catastrofe planetaria.

Il mondo fu invaso da un'ondata di panico. Anche in Italia aumentarono i suicidi.

Infine arrivò la notte fatale.

Poi spuntò l'alba.

Non era successo nulla. La cometa continuava la sua traiettoria, indifferente alla follia umana.

Non si sa se questo evento toccò anche l'immaginazione degli abitanti di Manera, forse avevano altro da fare che badare a simili assurdità.

Infatti subirono un altro evento meteorologico disastroso, il terribile ciclone che il 25 luglio devastò la Lombardia.

Le coltivazioni di granoturco andarono interamente perdute, le altre colture furono parecchio danneggiate.

Varie cascine vennero abbattute e molti tetti in paese furono scoperchiati.

Il campanile e l'orologio della chiesa patirono gravi danni.

Lo stabilimento Cattaneo, quello vicino alla stazione, crollò quasi interamente e non venne più ricostruito.

La gente del paese non poté fare altro che rintanarsi nelle cantine e pregare il Signore che li salvasse da quel castigo divino.

Angela nacque qualche giorno dopo, il 28 luglio 1910, alle sei del mattino.

Forse dallo spavento alla madre arrivarono le doglie in anticipo, e nacque lei, secondogenita femmina in una famiglia di contadini senza figli maschi.

Come si usava una volta, la madre partorì in casa aiutata probabilmente dalla suocera e altre parenti.

Il padre Serafino, quando la vide nel lettone, bestemmiò per lo scontento, mentre si scompigliava i capelli dalla rabbia. «*Sacramento*, un'altra femmina, che disgrazia in questi tempi. Un nuovo pensiero per la testa. Un'altra dote per cui risparmiare. E poi il corredo, vigilare sulla sua virtù, e trovarle alla fine un buon marito. Clementina, non potevate farmi un maschio, così ci dava una mano?»

Cosa poteva rispondere la puerpera? Aveva ragione lui.

Così non ci fu nulla da festeggiare durante quell'anno, ma tanto per cui addolorarsi.

La bimba sembrava essere nata sotto una cattiva stella.

Ombretta

Aprile 2017

È passato più di un mese prima che potessi incontrare Luigi e suo padre.

L'appuntamento è a casa loro alla Manera.

Sono passati più di trent'anni dall'ultima volta che sono stata in paese con i miei genitori.

Incuriosita, ho fatto una breve ricerca online sulla storia del paese.

L'abitato nacque come cascina agricola posta sulla strada che da Saronno porta a Lomazzo, a metà tra questi e Rovello Porro. Nel Liber consulum civitatis Novocomi è citata con il nome di Cassina de la Manera; la popolazione registrata era di ventitré fuochi, cioè famiglie o i Curt, che si sviluppavano intorno alla propria chiesa nella piazza e al relativo cimitero.

Le case, per la maggior parte, erano appartenute all'Ospedale di Sant'Anna, parte di lasciti testamentali. Vennero poi date in affitto e negli anni riscattate dai suoi abitanti.

In ogni Curt (corte o cortile) risiedevano due o tre famiglie.

In una di queste vi era il forno per il pane di miglio e segale, che serviva tutta la popolazione. Le famiglie impastavano a casa propria il pane e poi lo portavano a cuocere, insieme a una o due fascine di legna per mantenere il forno in temperatura.

L'acqua potabile arrivò in paese nel 1920 con l'installazione di tubature che andavano da Lomazzo alla Manera. Prima c'era solo una fontana che serviva tutto il centro abitato.

La ferrovia arrivò, con la stazione in comune con l'altra frazione di Lomazzo, Rovellasca, solo nel 1909. Con l'arrivo di questa, che univa Milano a Como, ci fu una svolta economica importante. Una zona agricola, grazie al trasporto di merci e persone, si poté trasformare anche in una zona operaia.

Sono arrivata in anticipo, ma l'anziano cugino di Angela è già fuori ad aspettarmi.

Novantacinquenne, minuto, con un'energia incredibile e un dolce sorriso, pronto a ricordare per me quei tempi passati.

Siamo entrambi emozionati per questo incontro. Per fortuna c'è anche Luigi all'appuntamento.

Chiedo loro di darmi del *tu*. Luigi accetta, mentre il padre preferisce che continuiamo a darci del *lei*. Mi piace questa sua richiesta, un segno di educazione di altri tempi.

«Ho pensato che fosse meglio iniziare dal cimitero per visitare la tomba di Angela. Ero curioso e ho cercato dove fosse sepolta», mi confessa Luigi.

Mentre c'incamminiamo, un uomo anziano e un ragazzo con dei vasi di fiori in mano ci fermano per fare le condoglianze a Pasquale.

«Qualche giorno fa è morto suo fratello maggiore, era molto malato», m'informa Luigi.

«Potevi avvisarmi, avremmo rimandato».

«La morte a questa età è una compagna fedele. Mio padre non ha voluto spostare l'appuntamento».

Arriviamo finalmente al luogo della sua sepoltura. La tomba di Angela è lontana dal resto della famiglia, in un altro lato del cimitero.

La lapide, a differenza di quella dei genitori, ha davanti un giardinetto con delle piante grasse curate e dei fiori freschi in un vaso.

«Te ne sei occupato tu?»

Luigi mi guarda stupito, «Fino a qualche giorno fa non sapevo nemmeno della sua esistenza».

C'è una fotografia di lei giovane. I suoi occhi paiono guardare curiosi e insieme spaventati chi la osserva.

Ho fotografato la sua immagine e quella dei suoi genitori. Voglio dare un volto ai nomi dell'albero genealogico fornitomi dalla canonica.

Poi Luigi mi porta davanti a una lapide antica vicino all'ingresso. Mi indica una foto dove è ritratta una donna anziana in lutto stretto, minuta. Un viso appuntito, capelli corvini raccolti in una crocchia severa, che fanno spiccare ancor di più le sue orecchie a sventola.

Negli occhi neri e nella linea sottile delle labbra atteggiata a una smorfia ironica, si legge una vivace intelligenza e una selvaggia determinazione.

«Questa è la tua trisnonna, Regina. O come la chiamavano tutti, *Mal-Regina*. Ha comandato a bacchetta tutta la famiglia fino alla morte», mi racconta Luigi divertito.

Dopo questo giro dei parenti defunti, ritorniamo a casa di Pasquale. È ancora quella dei suoi genitori. L'ha ristrutturata, ora è una comoda abitazione.

Pasquale è stato un abile falegname. Ancora adesso s'ingegna per modificare degli oggetti, come la poltrona con annesso tavolino e lampada applicata sul bracciolo, così è più comodo leggere.

Mi parla di lui e di sua moglie, di come era dura la vita durante la sua infanzia in paese.

Sembra di ascoltare una storia di un mondo lontano, alieno dalla mia realtà.

In quegli anni la priorità era sopravvivere alla fame e alla guerra.

Io però voglio conoscere particolari su Angela.

«Mi dispiace, rammento poco di lei, avevo solo nove anni quando sparì dal paese. La rivedo nella mia memoria "tutta bianca", non so nemmeno io perché. Era riservata di carattere, a differenza della sorella maggiore».

«Non ricorda nemmeno dove lavorava? O di un suo fidanzato? Mia nonna mi ha raccontato che era un medico svizzero».

«Non so niente di *morosi*, io a quell'epoca ero solo un *fiulet*. Però mi rammento di un dottore di origine svizzera che ha vissuto qui per qualche anno prima della Seconda Guerra Mondiale. Aveva fatto costruire una villa di forma rotonda a Lomazzo».

«C'è ancora la casa?»

«Sì, anche se è in stato di abbandono. Mi pare che ora sia in vendita».

Edifici di quella forma di sicuro in paese ce ne sarà uno solo, e scoprire chi l'avesse commissionato dovrebbe essere semplice.

«Che fine ha fatto Angela? Si ricorda qualcos'altro di lei?»

«Sono passati troppi anni, però mi ricordo che da un giorno all'altro si era come spenta, rimaneva ore appoggiata a un muricciolo che confinava con la strada a guardare i passanti. Poi, all'improvviso, è sparita. Di lei in famiglia non si parlò più».

Gli scende qualche lacrima nel ricordare gli anni della sua infanzia.

Prima di lasciarci, mi regala dei prodotti del suo orto.

Un gesto gentile che mi ricorda quando venivo in paese con i miei genitori per il "giro dei cimiteri" e dei parenti di Lomazzo e Manera.

Ci accoglieva la nebbia come un sipario che si alzava su un mondo contadino così diverso dal mio.

Era sempre una festa venire in paese. Le zie di mio padre preparavano la merenda, un panino al salame e un bicchiere di spuma nera, oppure sbattevano le uova fresche delle galline per fare la *resumada*.

I cugini portavano dei topini morti che trovavano nei campi, come se fossero una rarità da far vedere alla parente cittadina.

Ancora oggi, dopo quasi mezzo secolo, li ricordo come momenti speciali della mia infanzia.

Tornata a Milano, ho un frammento di un passato comune e un ricordo ritrovato.

Di Angela ho solo la foto sulla sua tomba. Una giovane donna con tutta una vita davanti a sé. Nelle fotografie si immortalano gli anni che passano, i momenti felice e tristi, il percorso fatto… *o non fatto*.

Non mi resta che tentare di nuovo con mia madre, chiedendole di vedere i suoi album fotografici. Sono il suo archivio storico, li tiene in un vecchio cassettone. Ci sono foto della sua famiglia, arricchito anche con alcune immagini dell'infanzia di mio padre.

A me interessa il suo album con le foto delle sue nozze e degli invitati.

Così, con qualche giorno di ritardo dopo la mia promessa telefonica, vado a trovarla, anche se è una visita interessata. La coscienza mi rimorde un poco.

Non siamo mai andate molto d'accordo. Anche adesso che è molto anziana, ogni volta che ci vediamo finiamo per litigare, a volte per un nonnulla.

Vive da sola in un appartamento troppo grande per lei e i suoi fantasmi.

Per lei sono una delusione. Invece di crearmi una carriera professionale, ho preferito inseguire un sogno, che non sono nemmeno riuscita a realizzare. Mi barcameno tra mille mestieri tentando di rimanere a galla.

O almeno è quello che pensa mia madre, e non ha del tutto torto.

Ma questo non posso dirglielo.

«Ciao, mamma».

«Come mai sei venuta senza avvisare? Se non mi trovavi?»

«Ti avevo avvertito qualche giorno fa che sarei passata. Hai qualche appuntamento?», le rispondo ironica mentre le bacio una guancia raggrinzita.

«Che significa? Avrei potuto averlo». Come se non sapessi che non esce mai di casa se non per fare la spesa e andare dal medico.

«Posso dare un'occhiata ai tuoi album di foto? Mi piacerebbe prenderne una di papà».

Brontolando accondiscende alla mia richiesta, e li tira fuori da un cassetto, dove sono custoditi insieme alle tovaglie del suo corredo.

«Cerca di non metterli in disordine».

Sfoglio le pagine. Trovo un'immagine di me neonata. Quanto ero buffa con quella cuffietta che, mi racconta, odiavo tantissimo. Appena me la infilava, scoppiavo a piangere a dirotto.

Altre foto di lei e mio padre felici a Riccione.

Infine il suo album di matrimonio.

Come erano giovani i miei genitori, quasi impacciati nel loro abito nuziale. Mio nonno aveva preteso una cerimonia in grande stile, e aveva invitato tutti i suoi amici e clienti. Non si doveva dire che lui non facesse le cose in pompa magna.

«È stata una festa seria. Nessuno ha urlato *"Viva gli sposi"*. Non ci sono state grandi risate o scherzi. Avevano tutti paura di tuo nonno», mormora mia madre immalinconita.

Mi dispiace per lei, le è stato rubato un suo momento felice.

«Chi sono queste persone al vostro tavolo? Non riesco a identificarle tutte».

Mi indica parenti che non ho mai conosciuto se non di nome. Tra questi però non c'è Angela.

46

«Non c'era la sorella della nonna al vostro matrimonio?»

«Il suocero non lo ha permesso, i panni sporchi si lavano in famiglia».

«Perché ancora tutte queste domande su di lei?», mi chiede poi insospettita.

«Lo sai, mi ha sempre incuriosito la sua storia. Sto facendo qualche ricerca per saperne di più».

«Non hai proprio niente da fare», brontola scuotendo la testa mentre mette via i suoi ricordi.

«L'hai trovata la foto di tuo padre?», mi chiede poi incuriosita.

Ne ho trovata una di lui nel giorno della sua prima comunione. Mi commuove questa immagine fiduciosa, i suoi occhi buoni non sono cambiati, nonostante le avversità della sua vita.

<u>Angela</u>

Maggio 1917

Mater Christi,

ora pro nobis.

Mater Ecclesiae,

ora pro nobis.

Mater divinae gratiae,

ora pro nobis.

Mater purissima,

…

Tutte le sere il rosario. D'inverno, nella stalla. D'estate, nella corte per prendere un po' di fresco.

Nonna Regina lo recitava, sgranando la sua collana.

Le altre donne sedute in circolo rispondevano, continuando a sferruzzare o a cucire. Le mani non dovevano mai essere in ozio.

Gli uomini aspettavano la fine delle preghiere per chiacchierare e raccontarsi storie.

I bambini, impazienti, non vedevano l'ora che la matriarca finisse per ascoltare poi qualche sua bella favola che li avrebbe incantati fino all'ora di andare a dormire.

Come erano belle le sue storie, possedeva una

fervida fantasia.

Angela era la sua nipotina preferita, le stava sempre tra le sottane facendole continue domande mentre lei si occupava della casa e del pollaio.

La storia che la bimba non si stancava mai di ascoltare era quella sulla vita dei bachi da seta.

Regina li aveva allevati quando i suoi figli erano piccoli.

Minuscoli vermetti che si trasformavano in splendide farfalle multicolori. Per un qualche incantesimo, il loro bozzolo diventava un filo sottilissimo per tessere abiti sfavillanti che lei sognava un giorno di indossare.

«Nonna, siete una strega? Facevate voi la malia perché i vermetti non si trasformassero?»

L'anziana donna rideva e le spiegava:

«Il *bigatt* è un instancabile ghiottone, dalla nascita fino alla trasformazione in crisalide consuma una quantità enorme di foglie di gelso, non smette mai di mangiare. Tutto questo *mangiaa* si trasforma in una bava sottilissima che a contatto dell'aria si solidifica e forma il bozzolo dove si nasconde per trasformarsi in farfalla».

«Dove li tenevate?», chiedeva Angela per la centesima volta.

«Li mettevo su dei graticci in legno nella stanza più calda della casa, quella sopra la cucina dove c'è il camino, perché i bachi non sopportano il freddo, ed era una sciagura se morivano. I tuoi zii quando erano *piscininn,* andavano ogni giorno a raccogliere le foglie dei gelsi sulla riva del fiume. All'inizio i bachi dovevano essere nutriti con foglie fresche triturate fini fini, poi gliele servivo intere. E alla fine gliele fornivo attaccate al ramo. Dovevo stare attenta che facesse caldo nella stanza. Ogni notte, prima di andare a letto, mi piaceva andare lì per ascoltare il loro continuo brusio sottile».

«E poi cosa ne facevate?», la incalzava la bambina quando la nonna si fermava per riprendere una maglia caduta dai ferri.

«Quando era il momento, un uomo della cooperativa passava di porta in porta per comprarli e portarli alle filande nei paesi vicini, dove venivano lavorati».

Quanto aveva faticato Nonna Regina nella sua vita. Era rimasta presto vedova con tre bimbi piccoli da tirare su da sola. Si spaccava la schiena dall'alba a notte fonda come e meglio di un uomo. Il suo sogno era di diventare un giorno padrona della casa e delle terre che coltivava così duramente con Malò, il lavorante che l'aiutava nei campi, per lasciare poi un'eredità ai suoi figli.

La coltivazione dei bachi le aveva assicurato una rendita in più per la misera economia familiare, le spese improvvise ma, soprattutto, per un sogno che coltivava di nascosto, acquistare le terre che ora coltivava come mezzadra. Per questo, metteva da parte ogni centesimo che guadagnava.

«Perché faticavate così tanto, nonna?», intervenne Ida, la sorella maggiore di Angela, «Non potevate prendervi un nuovo marito che vi aiutasse?»

«Se vuoi ottenere qualcosa dalla vita, devi lottare con le tue forze. Non puoi sperare che qualcuno lo faccia per te. Avevo già provato le gioie del matrimonio, ora volevo essere padrona di me stessa. Ma sei ancora troppo piccola per capirlo. Andate a dormire che si è fatto tardi».

Clementina era gelosa di come le sue figlie pendevano dalle labbra della nonna.

A casa sua non si aveva tempo per queste scempiaggini del passato. Ogni ora era scandita dal lavoro, non potevano permettersi di stare con le mani in mano ad ascoltare favole. Anche le piccine dovevano contribuire all'economia domestica.

La nuora non aveva simpatia per la suocera, la considerava una tiranna. Con la scusa che tutto quello che avevano lo aveva costruito lei con il sudore della sua fronte, voleva avere sempre l'ultima parola in famiglia. Non la poteva proprio sopportare.

Certo, aveva avuto tanto coraggio e determinazione per arrivare a possedere la casa e le terre.

Ma ora da vecchia non poteva riposarsi e lasciar fare ai figli e alle nuore? Non fosse mai!

Il sentimento di antipatia era però reciproco, nemmeno Regina aveva stima per Clementina. Sempre a guardare in casa delle cognate, mai soddisfatta di quello che aveva.

La bocca atteggiata a una linea sprezzante e gli occhi accusatori verso il mondo intero. Non era mai colpa sua, erano gli altri sempre in difetto.

Una banderuola al vento: al mattino tirava a est, e dopo un'ora soffiava a ovest.

Avrebbe desiderato una moglie diversa per suo figlio Serafino. Un bonaccione sempre attaccato alle gonne della moglie, che non ci provava nemmeno a tenerle testa.

Che ci aveva trovato in quella forestiera?

Non riusciva a capacitarsi di come quei due

avessero generato due *tosanett* tanto intelligenti.

Ida era una *bacaneri*, mentre Angela era più dolce e tranquilla. Erano come il sole e la luna, ma sempre insieme.

Su una cosa però nuora e suocera andavano d'accordo: le bambine dovevano avere un futuro migliore del loro.

A volte Serafino sacramentava con la moglie, perché non gli permetteva di andare all'osteria con gli altri uomini a bersi *un bicier de vin*.

Ma ogni centesimo che veniva risparmiato doveva essere messo da parte per la dote delle figlie.

Clementina sognava per loro un marito bottegaio, una bella vita dietro a una cassa; o un agricoltore danaroso, che non avrebbe mandato la moglie a lavorare nei campi.

Regina scuoteva la testa quando sentiva la nuora fare questi discorsi. Lei era convinta che il futuro se lo dovevano costruire da sé. Quello che serviva alle bambine era un po' d'istruzione per renderle più indipendenti. Così insistette con il figlio e la nuora perché le nipotine andassero a scuola.

Così Ida e Angela frequentarono la scuola del paese fino alla terza elementare. Poi, come tutti i bambini di Manera, per le ultime due classi dovettero andare a

Lomazzo, sei chilometri tra andata e ritorno da fare a piedi in mezzo ai campi con qualunque tempo.

S'incamminavano al mattino presto, mano nella mano. Una michetta di pane con una fetta di mortadella e una patata come companatico, da mangiare all'aperto, perché le maestre a mezzogiorno non permettevano di stare nelle classi.

Ovviamente i maestri non erano tutti così, in paese i vecchi si ricordavano ancora del *sciur maestru* che nelle giornate più fredde li lasciava in aula.

Ma quella era una eccezione, una fiammella nella loro infanzia.

Aprile 2017

Ho provato a inserire nel motore di ricerca di Google le parole "*villa rotonda Lomazzo*", e ho trovato l'inserzione sul sito di una prestigiosa agenzia immobiliare milanese, corredata da una descrizione dettagliata e da alcune fotografie.

La villa di Lomazzo, progettata dall'Arch. Ing. Elio Frisia alla fine degli anni '30 per un medico, è un esempio piuttosto inconsueto di applicazione dei principi razionalisti.
È impostata a partire dall'intersezione di due corpi cilindrici, di diametro diverso (nel più grande sono gli ambienti di abitazione, nel più piccolo la scala e – all'ultimo piano – un solarium, che in origine avrebbe dovuto essere raggiungibile con una scala a sbalzo all'esterno); anche alcune aperture sono di forma circolare, mentre altre finestre, più grandi, sono rettangolari o quadrate. Così com'è concepita, la villa mostra molti punti di contatto con la contemporanea architettura mitteleuropea d'avanguardia.
Il suo progetto risulta essere ancora oggi all'avanguardia per le forme, dopo quasi un secolo di vita.

Villa Rotonda si erge in un grande parco di 2.800 mq., con due accessi carrabili, da due strade diverse, conservando ancora la volumetria edificabile.

La proprietà si sviluppa su due piani fuori terra, oltre al piano semi interrato e al piano sottotetto, con un edificio autorimessa indipendente.

Al piano terra trovano collocazione, dall'ingresso principale, un salone di circa 70 mq., la cucina abitabile, entrambi con accesso diretto sul parco, un servizio, uno studio, oltre a due camere e un ulteriore servizio. Questa zona, dotata anche di ingresso indipendente, può diventare una seconda abitazione completamente autonoma.

In linea con il progetto, la scala che collega il piano terra al primo piano è circolare, con corrimano che segue le linee. Al primo piano, si trovano quattro camere da letto, una zona soggiorno e i servizi.

La scala prosegue fino al sottotetto e raggiunge anche il piano seminterrato, dove si trovano le cantine e i locali tecnici.

La proprietà necessita opere di ristrutturazione.

Ho continuato a scorrere le foto della villa, non posso credere a tanta fortuna. Un altro tassello della storia di Angela è stato confermato.

Ho provato a inoltrare un'email all'agenzia immobiliare con una richiesta di contatto per l'attuale proprietario, spiegando che non ero interessata all'acquisto (non me la potrei mai permettere), ma ad avere informazioni sul medico svizzero che l'aveva fatta costruire. Mi è stato risposto che per motivi di privacy non possono darmi alcuna informazione.

Nell'annuncio però è indicato il nome dell'architetto che l'ha realizzata quindi, dopo un'altra veloce ricerca su Google, scopro che le sue planimetrie sono raccolte nell'Archivio del Politecnico di Milano.

Nuova email di richiesta. Ho più fortuna, mi rispondono che nel *Fondo Elio Frisia* sono presenti cinque tavole di progetto relative alla villa in oggetto. Posso prendere appuntamento all'Archivio oppure chiedere in prestito in biblioteca un libro dove sono raccolte tutte le planimetrie.

Scelgo questa seconda soluzione. Un'altra ricerca andata a buon fine: sulla carta mappale c'è il nome del medico, Emilio.

Il leggendario medico svizzero di Angela è vissuto realmente. Conosco il suo nome e ho la conferma che è vissuto alla fine degli anni Trenta a Lomazzo.

Il signor Pasquale mi aveva fornito un altro indizio interessante per continuare le mie ricerche.

Angela e sua sorella Ida avevano lavorato in uno dei tanti laboratori manifatturieri dell'epoca. Però non si ricordava quale fosse.

Nell'area comasca in quegli anni ne erano sorti tanti, sarà come cercare un ago in un pagliaio.

Ho iniziato da quello più importante: il cotonificio aperto nel 1893 dall'industriale Francesco Somaini a Lomazzo. Questi fondò una delle più innovative industrie manifatturiere tessili del secolo, con un villaggio operaio non lontano dallo stabilimento, attrezzato con asilo infantile e asilo-nido, dimostrando così una sensibilità sociale precorritrice e inedita.

Qui veniva dato lavoro a più di mille dipendenti, che giungevano da ogni parte d'Italia. C'era anche un convitto gestito da suore, che si occupavano della mensa e del guardaroba, per le ragazze operaie.

Assumevano però solo donne che venivano da altre regioni.

Chiedendo in giro, ho scoperto che esisteva un piccolo ricamificio dove lavoravano principalmente le donne della Manera: era il Martinetta di Rovellasca, una frazione limitrofa.

Ho scritto al sindaco del paese per chiedergli qualche informazione sullo stabilimento.

Quest'ultimo mi ha offerto il suo aiuto. Inoltre mi ha informato che a breve sarebbe stata inaugurata una mostra fotografica dedicata al ricamificio, e mi ha invitato a visitarla. Mi ha anche messo in contatto con uno dei curatori, il signor Renzo, ex dipendente del ricamificio e sua memoria storica.

È una bella domenica mattina quando arrivo alla stazione di Rovellasca-Manera. Prendo la strada verso il Milite Ignoto a Rovellasca, dove si terrà l'inaugurazione.

È piacevole camminare fino alla piazza del paese. Parallele alla strada, ci sono villette con il loro giardino ordinato. C'è poca gente in giro, ma sono solo le dieci del mattino.

Un capannello di persone staziona davanti all'edificio della mostra. Forse ex operai, orgogliosi di questo evento che celebra sia il padrone del ricamificio ma anche il loro lavoro. In questa fabbrica hanno passato tutta la vita, sono entrati ragazzini per uscirne pensionati.

Chiedo del signor Renzo.

«Buongiorno», mi risponde un anziano signore sorridente, «la stavo aspettando, ho una sorpresa per lei! Prima però di fargliela vedere e di cominciare la visita, vorrei che leggesse questo manifesto che ho scritto». Mi indica uno striscione all'entrata del corridoio.

La Martinetta si racconta

Dobbiamo andare indietro nel tempo e ricordare Rovellasca nei primi decenni del XX secolo.
Paese di mercanti dove con la bundinela in spalla - fagotto di tela nera in cui si ponevano tessuti, lenzuola, camicie da notte, sottovesti, fazzoletti, ecc. - si girava a vendere la merce, anche in paesi lontani.
La mercanzia doveva essere prodotta e perciò sorsero laboratori casalinghi di produzione, addette ai quali ovviamente erano le donne di casa.
Imprenditori intraprendenti avviarono laboratori di produzione manifatturiera, fuori dall'ambiente domestico, facendo nascere i Ricamifici.
A Rovellasca ne sorsero molti, dando lavoro a centinaia di operaie.
Uno di questi fu quello di Luigi Cattaneo, detto ul martineta.
A Rovellasca di Luigi e di Cattaneo ve n'erano tanti ma per identificare proprio lui lo chiamarono fin da subito ul martineta. La mamma si chiamava Marta ed

essendo piccola di statura veniva dialettalmente nominata la martineta, cioè piccola Marta. Luigi Cattaneo aveva una venerazione per la madre che, rimasta vedova giovane e avendo tanti figli da accudire, girava con la carrettella per il paese vendendo merce varia.

Per onorarla, fece aggiungere Martinetta al proprio nome.

Se penso alla Martinetta, penso alla mia vita...

Arrivai al Ricamificio Cattaneo Luigi Martinetta nel 1939, quando avevo cinque anni e la mia mamma venne assunta come portinaia.

Dopo un anno vidi crescere la ditta fin quando diventò un'industria tessile.

Si diceva "Qui entra la balla di cotone ed esce il prodotto finito". Di fatto la balla di cotone passava dai reparti di:

- FILATURA (ne sorse uno più moderno e competitivo)
- TESSITURA, presente a Carnago
- CANDEGGIO
- TINTORIA
- STAMPERIA
- FINISSAGGIO
- CONFEZIONE sia interna che a domicilio
- COMMERCIALE per la distribuzione italiana ed estera
- AUTONOMIA dove si produceva l'energia elettrica e vi erano presenti le caldaie, la falegnameria, lo scatolificio, la litografia, l'officina

meccanica ed elettrotecnica, assistenza tecnico-meccanica (anche per le macchine da cucire), il laboratorio chimico, la cucina a colori, i muratori, i verniciatori, gli imbianchini ...

La Martinetta dava lavoro a circa 2.500 persone.
E con un po' di romanticismo... alla Martinetta si conobbero e si sposarono tante giovani coppie. Io e mia moglie siamo una di queste.

Renzino[1]

---

[1] Striscione di benvenuto all'entrata della mostra dedicata al Ricamificio "Martinetta" di Rovellasca (2017), mantenuto nella sua forma integrale.

«Ora passiamo alla sorpresa», sorride sornione Renzo, «Ho fatto una scoperta preziosa dopo la sua telefonata».

Ci dirigiamo verso una sala. Alle pareti sono incorniciate le foto delle operaie al lavoro. File di bancali e, sedute intorno, donne in camice bianco concentrate sulla loro macchina da cucire Singer. Di fianco a ognuna uno sgabello con lenzuola e camicie ancora da ricamare.

Ma non sono quelle immagini che lui ha urgenza di farmi vedere. Mi conduce verso la parete centrale della stanza dove c'è incorniciato un attestato di benemerenza al signor Luigi Cattaneo firmato da tutte le sue operaie. Tra questa c'è anche quella di Angela.

«Posso organizzare un incontro con delle ex operaie del Martinetta. Sono della generazione dopo quella della sua parente, ma le possono almeno raccontare come era la vita in quegli anni per le donne in paese e in fabbrica».

Ho accettato subito entusiasta. Le poche interviste fatte finora sono state rilasciate da uomini. Voglio ascoltare la versione femminile della storia di quegli anni. Potrebbe essere molto diversa.

Dopo un paio di settimane ho appuntamento nel pomeriggio con il signor Renzo per delle interviste a un paio di ex operaie ancora in vita. Mi ha anticipato che ha una nuova sorpresa per me, ma non mi ha voluto dire nulla al telefono. È entusiasta del mio lavoro investigativo, si sta dando parecchio da fare per aiutarmi.

Così ho deciso di prendermi un'intera giornata. In mattinata ne ho approfittato per andare alla biblioteca di Lomazzo.

È fondamentale documentarmi sulla storia e la topografia della zona, perché non è possibile ricostruire la storia della sua gente senza conoscere il territorio e le vicende politiche che l'hanno segnata.

Non ho memoria delle strade di Lomazzo, quindi dalla stazione alla biblioteca è una piacevole passeggiata alla scoperta del paese. Mi piace l'ordine che vi regna.

Quando arrivo alla mia destinazione, la biblioteca è già aperta.

Ci sono due impiegati al banco che chiacchierano con alcune persone. Appena entro, uno dei due si rivolge a me per chiedermi se ho bisogno di qualcosa. È una piccola comunità, si conoscono tutti. Una forestiera è motivo di curiosità.

«Buongiorno, ho chiamato qualche giorno fa per richiedere la consultazione dei due volumi *Lomazzo storia di un borgo tra due città*[2]».

«Glielo avevamo messo da parte. Se le interessa, ne abbiamo anche alcune copie in vendita».

«Mi basta consultare la parte che va dal 1910 fino alla fine della Seconda Guerra Mondiale. Oltre a questi, avete altri libri su Lomazzo e Manera?»

«Si accomodi in sala lettura, le porto al tavolo quello che trovo».

In breve tempo si raccolgono intorno a me diversi tomi. Li sfoglio velocemente, soffermandomi sulle pagine che mi interessano. Iniziano però a essere troppe da leggere in una sola giornata.

Ritorno al banco, «È possibile fare fotocopie?»

«Nessun problema, mi scriva quali pagine le interessano».

Verso la fine della mattinata, arriva anche l'altra bibliotecaria con un volumetto striminzito tra le mai.

«Forse ho trovato quello che cercava», mi dice fiera mentre mi porge il libro.

«È un testo commissionato nel Duemila dalla Parrocchia di S. Bartolomeo Apostolo, *Manera*

---

[2] M. Mascetti, A. Monti, A. Rovi, Lomazzo storia di un borgo tra due citta, Comune di Lomazzo Editore (2004)

Scighera – tra Storia e Leggenda, Immagini e Testimonianze[3]». La ringrazio elettrizzata della scoperta, mentre sfoglio le sue pagine. Il paese antico della Manera e la sua gente ritorna vivo sotto i miei occhi mentre osservo le fotografie, leggo i lunghi elenchi riportati e studio le mappe catastali.

È la cronistoria del paese, sarebbe di fondamentale importanza per me acquistarne una copia.

«A chi posso rivolgermi per comperarlo?», chiedo alla bibliotecaria.

«Non esistono copie in vendita. È stato stampato in un numero limitato per le famiglie della Manera e le biblioteche di zona».

Impossibile fotocopiarlo tutto, scelgo con cura le pagine principali.

Sfogliando il volume, noto che viene spesso citato don Attilio Pedroncelli, parroco del paese di Angela. Anche lui era di origine lombarda, proveniva da Colico. Visse quasi tutta la sua vita alla Manera. Vi arrivò nel 1914 come Vicario.

Mi ero già imbattuta nel suo nome sul *Libro delle Anime* come prete celebrante del matrimonio di Ida nel

---

[3] Manera Scighera, Tra Storia e Leggenda. Immagini e Testimonianze. Commissione Bollettino e Cultura, Bollettino Parrocchia di S. Bartolomeo Apostolo, Ottobre 2000

1932, ma non ci avevo fatto caso. Per me era solo, appunto, un nome.

In questo volume viene citato spesso, soprattutto come fonte storica, perché ha scritto e aggiornato fedelmente una *Cronistoria*, dove ha descritto la vita pubblica del centro e dei suoi abitanti, partendo dal 1921 fino all'anno della sua morte, avvenuta nel 1952.

Dalla foto che lo ritrae, mi sembra essere stato un uomo energico e pratico. Fronte alta, viso intelligente, occhi gentili.

Nella pagina biografica dedicatagli, c'è scritto che seguì attivamente le sorti della sua gente per tutta la vita, interessandosi alle diverse migliorie nel paese, dall'edificazione dell'asilo, fino ai lavori per il ripristino della chiesa S. Bartolomeo, crollata durante il ciclone del 1910.

Addirittura donò cinquecento lire, buona parte dei suoi risparmi, per la costruzione di quella nuova. Era una sua caratteristica condividere quello che aveva con i bisognosi.

Le pagine che lo descrivono, lo tratteggiano come *"ironico e mai distaccato. Lottò per l'evoluzione del suo paese"*.

Qualcosa mi distrae, mi sento osservata. Guardo

intorno e vedo un ragazzo che mi sta spiando.

Quando si accorge che l'ho notato, si alza e va al banco, dove si mette a chiacchierare con il bibliotecario.

Mi alzo e vado verso di loro, ma il giovane saluta ed esce.

«Ho disturbato il suo amico?», chiedo all'impiegato.

«Era solo incuriosito dall'impressionante numero di volumi sul suo tavolo. Mi ha chiesto cosa stava cercando».

Meglio lasciar perdere, non vorrei diventare anche ossessiva. È solo un ficcanaso.

Ne approfitto per domandare al bibliotecario informazioni su don Attilio.

«Mi dispiace, sono troppo giovane per averlo conosciuto. Però mio nonno mi raccontava di lui che aveva un animo gentile e caritatevole. Un Natale quando lui era bambino, don Attilio si presentò a casa della sua famiglia, portando il proprio pranzo da condividere. La scusa era che non voleva passare la festa da solo, in realtà sapeva che loro non avevano nulla da mangiare».

Forse i genitori di Angela, suoi fedeli parrocchiani, gli avranno chiesto consiglio per la figlia. Lui di sicuro qualche suggerimento lo avrà dato.

Magari don Attilio ha scritto qualche accenno di questa storia sulle pagine dei suoi diari.

Devo approfondire la ricerca su di lui.

È mezzogiorno, un panino e prendo il treno per Rovellasca. Mi attende Renzo alla stazione. È riuscito a fissarmi degli appuntamenti con delle ex operaie del Martinetta.

Dalle prime due non ottengo informazioni utili, avevano lavorato alla fabbrica in un periodo diverso.

Donne coraggiose e forti, che si alzavano all'alba e lavoravano fino a notte fonda per aiutare le loro famiglie. Senza mai ricevere una parola di ringraziamento da parte di nessuno, e nemmeno aspettandosela.

Erano felici con poco, avevano rare occasioni per divertirsi. In quegli anni si diventava presto adulte, non conoscevano quasi il significato del verbo "giocare", non era per loro.

Sempre con un sorriso sulle labbra e nei cuori, quelle anziane si ricordano solo quanto erano allegre a quei tempi, anche se non avevano niente, mentre cantavano in coro canzoni popolari che accompagnavano il movimento del piede sul pedale delle macchine da cucire.

Non mi aspetto molto nemmeno dall'ultima donna, anche se Renzo mi aveva promesso una nuova sorpresa. Invece ha in serbo un dono prezioso: Rosetta.

Arriviamo a una villetta bifamiliare dove si aspettano due donne anziane in salotto.

Renzo tira fuori da una tasca la foto di Angela e si dirige verso quella più vecchia. Una donnina fragile, seduta su una sedia a rotelle, persa a guardare fuori dalla finestra. Quasi non si è accorta del nostro arrivo.

«Buongiorno, Rosetta, guardi cosa le ho portato», urla Renzo per attirare la sua attenzione. Poi le posa in grembo la fotografia.

Questa abbassa gli occhi sull'immagine, pare metterla a fuoco. «La mia Angelina. da quanto tempo che non la vedo». Gli occhi smorti si inumidiscono.

«Un giorno non si è presentata al lavoro, e da quel momento non ne ho saputo più nulla. Ho provato a chiedere, ma nessuno ne voleva parlare. Ero una *tosanetta*, avevo nove anni meno di lei. Che fine ha fatto?»

Le racconto del suo internamento in manicomio. Rosetta si mette a piangere, come fanno le persone molto vecchie. In silenzio, con lo sguardo rivolto al passato.

Dopo qualche minuto si riprende, vuole ricordare la sua amica.

«Angela era brava nel suo lavoro, molto stimata dal padrone e dalle compagne. Era così bella, sempre con il sorriso sulle labbra. Coraggiosa e testarda, quando si metteva qualcosa in mente, nessuno riusciva a farle cambiare idea. Era mia amica e mi proteggeva, sono entrata bambina, lei mi ha insegnato il mestiere».

«Ha mai sentito parlare di un suo innamorato? Un medico svizzero che le faceva la corte?»

A questa domanda pare risvegliarsi. Mi punta gli occhi addosso.

«Chi è lei?»

«Sono una pronipote, sto cercando di ricostruire la sua storia».

Per un po' sta zitta, poi assume un'aria svagata.

«Sono storie di ottant'anni fa, non mi ricordo».

Alle insistenze di Renzo e mie, qualcosa però ammette.

«In paese ogni tanto la si vedeva con un dottore, ma non ricordo se era per gli uomini o le bestie. Sono passati così tanti anni, meglio lasciare sepolte certe storie».

Pronuncia queste parole guardandomi fissa negli occhi, mentre mi restituisce la fotografia. Quindi si volta verso la finestra senza badare più a noi.

È arrivato il momento di tornare a casa, e Renzo mi accompagna alla stazione. Manca quasi un'ora all'arrivo del treno. Mi fermo in un bar per riordinare i miei appunti.

Sono stata fortunata a incontrare Rosetta.

Quanto diversa è la donna che mi ha descritto da quella che mi sono immaginata dalla sua foto sulla tomba. Non era timida e spaventata, ma forte e determinata.

Angela, come eri in realtà?

Giugno 2017

Sono passate diverse settimane dalle ultime mie annotazioni, ma è ancora doloroso fisicamente lavorare per me in questo momento. Voglio però ricostruire il ritorno dalla stazione di Rovellasca per capire cosa mi è successo. Forse metterlo nero su bianco mi farà comprendere l'assurda dinamica del mio incidente.

È sera, sono stanca. Inoltre non sono tranquilla. Per tutta la giornata ho avuto la sensazione di essere seguita. È assurdo, me ne rendo conto. Chi dovrebbe farlo? Continuo a girarmi indietro per controllare, ma non vedo nessuno. Forse mi sono fatta influenzare dai troppi libri polizieschi che ho letto ultimamente.

Sento il fischio di un treno, così mi metto a correre. Mi spaventa l'idea di perderlo e dover aspettare il prossimo nella stazione deserta. Non mi accorgo di una buca nel manto stradale e cado rovinosamente a faccia in giù. Per salvare la faccia, metto davanti le braccia.

Il dolore è fortissimo, mi lascia senza fiato. Le mani sono piene di graffi e sangue, non riesco quasi a muovere entrambi i polsi.

Arrivo alla banchina e mi siedo su una panca. Manca ancora tempo all'arrivo del mio treno. Sono stata così stupida a farmi prendere dal panico. A fatica riesco a estrarre dalla borsa il *Rescue Remedy* per prenderne qualche goccia. Finalmente arriva l'annuncio del treno regionale per Milano.

Salgo.

Il vagone è pieno di pendolari. Il riscaldamento è troppo alto, mi manca l'aria.

Me ne sto seduta nel mio angolo, i polsi abbandonati in grembo, fasciati con fazzoletti di carta insanguinati e gli abiti sporchi di fango.

Mi gira la testa, devo essere pallidissima. Ogni tanto sento le forze mancarmi per il dolore. Gli occhi delle persone pesano su di me, nessuno mi offre soccorso e mi rivolge una parola di conforto.

Con lo sguardo cerco comprensione dalla donna seduta accanto. Continua indifferente a bere una bevanda calda dal suo thermos.

Mi vergogno di quello che è successo, come se fosse stata colpa mia.

Avrei potuto chiamare Renzo, o andare al bar della stazione. Di sicuro mi avrebbero accompagnato al pronto soccorso. Non l'ho fatto, non sono abituata a chiedere aiuto.

Mi sento così sola e triste in quei quarantasette minuti di sofferenza prima di arrivare alla stazione di Milano Cadorna.

Arrivata a casa, mi sono medicata e ho applicato degli impacchi di ghiaccio.

Il mattino dopo mi sono recata dal medico, il dolore era ancora troppo forte.

«Perché non è andata al pronto soccorso?», mi ha rimproverata quest'ultimo. «Potrebbero esserci delle lesioni gravi ai legamenti o addirittura delle micro fratture».

Mi prescrive una radiografia, una crema antidolorifica e dei tutori per entrambi i polsi da portare per almeno tre settimane.

Ho seguito le sue prescrizioni, eccetto per la lastra. Non mi piacciono gli ospedali, vieni degradata a numero. Cerco di frequentarli il meno possibile.

Tre settimane con i polsi bloccati. I primi giorni mi era quasi impossibile scrivere, abbandonata a me stessa in compagnia dei miei pensieri.

Solo adesso, anche se a fatica, riesco a scribacchiare.

Dal ritorno da Catania non ho fatto altro che correre per le ricerche su Angela ed Emilio, accumulando materiale in modo arruffato e superficiale, senza un ordine preciso, rischiando di perdere passaggi importanti della loro storia.

Lo stesso modo di come affronto la mia esistenza, sempre di corsa, senza fermarmi mai a riflettere.

Anche le riviste con cui collaboro mi stanno rimandando indietro i miei articoli.

Sono arrabbiata, *il direttore di una rivista è cambiato, il redattore dell'altra ce l'ha con me.*

Colpa di tutti, eccetto mia.

Ho riletto i miei ultimi pezzi, sono superficiali e sciatti.

Mi sono rassegnata e ho abbandonato il mio romanzo, così com'è non vale nulla.

Se non riesco a mettere ordine nella mia vita, posso almeno tentare di farlo con quella di Angela.

Inoltre ho la sensazione che se ricostruisco la sua e trovo un motivo per quello che le è capitato, in automatico andrà a posto anche la mia.

È forse assurdo, ma quante cose che non hanno senso mi stanno succedendo in questo momento?

Ho riletto il materiale recuperato, le interviste fatte e le email ricevute, e ho costruito una scaletta cronologica degli avvenimenti.

Fino al suo lavoro al Martinetta, sono abbastanza certa di come Angela ha vissuto.

E poi? Dove e quando ha incontrato Emilio? Come si è sviluppato il loro amore? Quando c'è stato il momento della crisi e del suo ricovero in manicomio?

Tante domande a cui non riesco ancora a dare una risposta. Le mie ricerche sono arrivate a un punto morto.

Ho anche ricevuto un nuovo rifiuto dall'Archivio del Sant'Anna, la cartella è irrecuperabile. Sembra che sia andata al macero dopo un allagamento delle cantine.

Insisto, una settimana dopo arriva una nuova lettera su carta intestata in cui la mia richiesta viene ufficialmente rifiutata. La motivazione è variata, non si trova nessuna cartella clinica a nome di Angela.

Sono sicura di quello che domando. Oltre al mio ricordo di bambina, ci sono anche quelli di parenti e conoscenti intervistati.

Devo fermarmi per riordinare le idee, ma se rimango a Milano non risolverò nulla. Emma anche questa volta viene in mio soccorso proponendomi un viaggio in Grecia.

Non ci sono mai stata, è l'occasione per una settimana di vacanza dalla mia vita e da quella di Angela.

Angela

Dicembre 1931

"O donna donna donna Lombarda
se vuoi venire al ballo con me
o donna donna donna Lombarda
se vuoi venire al ballo con me

Sì sì che al ballo io vegneria
ma ho paura del mio marì
sì sì che al ballo io vegneria
ma ho paura del mio marì"

«Rosetta, *cantà men*».

Angela rimbrottò sorridendo la nuova apprendista del suo tavolo.

«Non mi sgridare. Le mani non si fermano, anche se la bocca è in movimento», rispose la sfacciata.

«Devi stare attenta. È facile sbagliare un punto, poi è tutto da disfare e rifare».

Si era subito affezionata a quella *tosetta* e spesso chiudeva un occhio di fronte alle sue fanciullaggini. Rosetta però doveva capire che comandava lei, la *maestrina* responsabile delle nove ricamatrici che sedevano al suo bancone.

La ragazzina aveva nove anni meno di lei, era così giovane. Ogni tanto le scappava da ridere e, soprattutto, di cantare.

Alla giovane donna piaceva insegnarle il mestiere e la proteggeva dagli scherzi a volte un po' pesanti delle altre. Era come avere una sorellina minore.

Angela era gentile e disponibile con tutte, sempre pronta e paziente a spiegare i lavori più complicati. Era solo severa con chi rallentava il ritmo.

Difficilmente si arrabbiava, a differenza di sua sorella maggiore Ida, maestrina a un altro bancale, che invece voleva primeggiare su tutte ed era considerata una prepotente.

«Rosetta mi rammenta te, quando hai iniziato. Avevi undici anni», le disse a mezza voce una compagna seduta di fianco a lei, lanciandole un'occhiata veloce tra una gugliata e l'altra.

«Mi ricordo il tuo primo giorno quando sei arrivata accompagnata da tua nonna Regina. Ti nascondevi dietro alle sue sottane. Eri buffa, già allora la sorpassavi di tutta la testa».

Angela sorrise, quanto tempo pareva passato da allora.

«Nelle botti piccole ci sta il vino buono», continuò ridendo l'operaia, «tua nonna è di sicuro *piscinina,* ma non si è mai fatta menare per il naso da nessuno. L'ho ammirata per come ha tenuto testa al capoccia davanti a tutte noi, dichiarando che le sue nipoti avrebbero lavorato in nero fino a ché non avessero imparato il lavoro. Compiuti i quattordici anni, sareste state così brave, che il padrone vi avrebbe di sicuro assunte, per paura che qualche altro laboratorio vi soffiasse da sotto il naso al Martinetta».

«Che paura quando arrivavano i sindacati e dovevamo andare a nasconderci nei magazzini», sospirò con un brivido un'altra operaia.

«Non ci potevamo permettere di essere scoperte. C'era già allora poco lavoro, questo ce lo dovevamo tenere stretto».

«*Basta ciciarà*. Il *sciur* Cattaneo ci tiene con i libretti in regola, perché facciamo parte tutte della sua grande famiglia. Continua a ripetere che se siamo contente, produciamo di più e meglio», ribatté una terza, una donna già avanti con gli anni, che stravedeva per lui.

«*Bóca tàs*! Te gli stiri le camicie tutte le mattine prima di venire qui. Com'è che dici, orgogliosa? Solo io so come le vuole inamidate e piegate, il padrone non si fida di nessuna per questo lavoro».

«Va là, siamo qui a faticare come muli dalle otto di mattina, quando ci sono le commende anche prima, fino a sera, dal lunedì al sabato. Un'ora per mangiare quello che c'è nella *schiscetta,* poi si riprende. Altro che famiglia», aggiunse un'altra.

«Te non sei mai contenta», rispose offesa la prima, «ogni quindici giorni passa regolarmente l'impiegata con la cassettina e ci paga le nostre venticinque lire più lo straordinario per i lavori fatti a cottimo. Non tutti i padroni sono così puntuali. Su quei soldi a casa mia ci fanno affidamento. A volte riusciamo anche a mettere via qualcosa».

«Angela, quanto è bello questo ricamo», le interruppe Rosetta, ammirando il lavoro che aveva quella tra le mani, «sei la più brava tra noi. È vero che le tue confezioni vengono esposte nelle vetrine dei negozi per le signore eleganti di Como e Milano?»

Angela si mise a ridere imbarazzata per il complimento, «È il mio destino. Sono nata per ricamare i corredi delle ragazze più fortunate di me».

«*Non scherzà minga.* Tua madre mi ha detto che stai ricamando la tua dote e anche quella della Ida. A proposito, ho sentito che tua sorella si sta per *morosare*».

«Ida, tua madre si vanta in giro che il suo futuro genero è ricco e vive a Milano. Non ti andava bene uno del posto?», chiese ridendo una delle compagne di lavoro.

Un urlaccio si levò dal tavolo vicino.

«Non vi impicciate, pettegole che non siete altro. Badate invece a lavorare!».

Si alzò un ultimo scoppio di risate, poi calò il silenzio.

Angela abbassò gli occhi sul ricamo, mettendosi a pensare alle ultime frasi delle compagne.

Lei e sua sorella sognavano un matrimonio diverso da quello a cui sembravano destinate tutte loro. Cosa c'era di male?

I campi, il ricamificio, la famiglia.

Quante volte si erano dette di notte a letto che non volevano quella esistenza grama, senza un momento di svago.

Un marito contadino, altri doveri. Figliare altra carne da macello per quelle terre.

Volevano di più dalla vita, sentivano di meritarselo.

I loro genitori stavano mettendo via una ricca dote per aiutarle. Quindi potevano ambire a qualcosa di meglio.

Sognavano entrambe un uomo che le salvasse da quella prigione. Una bella casa, dei figli istruiti. Volevano indossare anche loro dei bei vestiti come quelli che confezionavano. Non chiedevano mica la luna.

Alcune amiche le accusavano di essere ambiziose. Forse era vero.

Non volevano più essere delle bestie da soma che tiravano la carretta senza vedere mai la fine, come tante loro colleghe al Martinetta.

Sua sorella ce l'aveva fatta. Fra qualche giorno si sarebbe fidanzata con un bottegaio. Era contenta per Ida, lei però voleva di più, cercava anche l'amore. Per questo pregava la Madonna tutti i giorni, anche se sua nonna Regina continuava a ripeterle di smettere di sognare, solo attraverso il duro lavoro i progetti si realizzavano.

Gennaio 1932

Capodanno era appena passato, ma si faceva ancora festa a casa loro.

Finalmente era arrivato il giorno del fidanzamento di Ida.

Le donne erano in piedi sin dall'alba. Avevano tirato a lucido la stanza e apparecchiato la tavola con la tovaglia più fine. Ci sarebbe stato un gran pranzo per la festa, il padre aveva acquistato dei confetti grossi, quelli di prima categoria, non voleva fare una brutta figura con il futuro genero e la sua famiglia.

Erano venute anche le zie a dare una mano. Ida le sentiva nell'altra stanza spettegolare tra di loro.

«Finalmente si sposa. Chi l'avrebbe mai detto? Non è più di primo pelo e non è mai stata bella, così alta e prosperosa».

«*Minga ver*, anche il proverbio dice che *Altezza è mezza bellezza*», ribatté una sua zia, anche lei di statura elevata.

«E poi non sarà bella come l'Angela, ma si è sempre tenuta molto nel vestirsi. Poi oggi sembra una gran signora».

«Zitta che vi sente. Sapete come è *malmostosa*».

«Oggi non ascolta nulla, hai visto come è felice? Non ci sperava nemmeno lei. È stato bravo *Sett 'e mezz* a trovarle un marito ricco, *e l'è anca on bell òmm*».

«Niente da dire, ma dicono che ha un caratteraccio».

«Quale uomo non ha i suoi difetti? Però è un gran lavoratore. È di Lomazzo, ma si è trasferito e ha aperto una bottega a Milano. La Ida ha finito di lavorare come operaia, andrà a fare la signora in città».

«Su questo non ti posso dare torto. Però i suoi genitori hanno dovuto tirare fuori una bella dote, perché lui se la prendesse. Una mia parente che vive nella stessa corte dei parenti di lui, sostiene che la sorella e il sensale hanno dovuto sudare sette camicie per convincerlo a fidanzarsi con la Ida».

«*Basta ciciarà*, la *spusa* sta arrivando».

Non avevano nemmeno riguardo di stare zitte. Certo che le sentiva, non era mica sorda!, commentò tra sé Ida, entrando della stanza.

«Non dargli retta», le sussurrò Angela, passandole vicino. «Sono solo invidiose della tua fortuna».

Ida alzò le spalle. Sapeva di non essere ben vista dalle zie. Aveva troppo carattere per loro, preferivano la sorella minore, più tranquilla.

Ma con la gentilezza non si ottiene nulla. Aveva le idee chiare su cosa voleva, e aveva tutte le intenzioni di prenderselo.

Sapeva ben lei come si sarebbe tenuta stretta il suo futuro marito, anche se lui non pareva molto felice di sposarla. Ma la sua dote sì che lo soddisfaceva! I denari gli servivano per il suo negozio. A lei piaceva che fosse ambizioso, in questo si assomigliavano.

Il suo *moroso* non lo aveva ancora capito, ma stava facendo un buon affare. Avrebbe saputo ben lei aiutarlo nel lavoro.

Le parenti potevano sparlare pure quanto volevano, poi le avrebbero fatto la corte.

Già adesso tutti le stavano intorno per congratularsi.

«Arrivano lo sposo e la sua famiglia!», urlarono i ragazzini in cortile.

«Ma no, è solo *Sett 'e mezz*. Guarda come gonfia il petto, sembra un tacchino. È così orgoglioso di essere riuscito a combinare questo gran sposalizio».

Il sensale entrò di corsa. Oggi aveva aggiunto al suo abituale abbigliamento - camicia bianca, pantaloni e gilet di fustagno con l'immancabile fazzoletto rosso al collo - una giacca di panno.

Era la sua passione combinare matrimoni, non lo faceva per lavoro, ma solo per diletto. Le spose, per ringraziarlo, gli cucivano una nuova camicia.

Da qui il soprannome, la misura del colletto dell'indumento.

L'orgoglioso padre andò ad accoglierlo alla porta. Oggi lui era un ospite di riguardo.

«*Sett 'e mezz*, ora dovete trovarmi uno sposo per Angela», gli ricordò ridendo.

«Nessun problema. Bella ragazza. Ricca dote. Ci

sarà presto la fila fuori di spasimanti. Non temete, ci penso io. Vi ho mai deluso negli affari? A proposito, ne avrei uno da proporvi».

«Domani. Oggi mangiamo e beviamo, non si parla di lavoro. La mia *tosa* si fidanza», rispose ridendo Serafino.

«Mai perdere tempo. Ma il padrone siete voi».

In quel momento si sentì di nuovo l'urlo di avvertimento dei ragazzini messi a guardia.

«Arrivano!»

I genitori, in compagnia del sensale, andarono ad accogliere gli ospiti sulla porta. Per lui era stato il suo più bel contratto matrimoniale in assoluto, non si sarebbe perso questo momento per nulla al mondo.

Entrò la sorella del promesso sposo con dietro tutti i suoi parenti.

Ma lui dov'era?

«Scusate, non è potuto venire. Aveva da fare a Milano, un garbuglio con la bottega. Ma dov'è la futura sposa?»

«Che vergogna! Non si è presentato», fioccarono i commenti maliziosi in sottofondo.

Lacrime di umiliazione gonfiarono gli occhi di Ida, ma le ricacciò subito indietro. Non avrebbe dato a nessuno la soddisfazione di vederla piangere.

Spalle dritte, un sorriso sulle labbra, un bacio alla futura cognata e un saluto caloroso agli altri.

«Non vi preoccupate, lo so che quando si lavora in proprio, si è schiavi. I soldi non possono mica aspettare i nostri comodi. Ci sarà al matrimonio!», rispose con un gran risata amara.

E congelò quella contentezza sulle labbra per tutta la durata del ricevimento.

Alla fine la giornata ebbe termine. L'ultimo parente se ne era andato. Sulla tavola i resti del banchetto.

Ida non ne poteva più. Si arrangiassero le altre donne a rigovernare la cucina. Voleva solo andare in camera e piangere tutte le sue lacrime.

Neanche questo le fu permesso. Sua madre la seguì in stanza per tentare di consolarla.

«Ida, non starci male. Gli uomini sono fatti così. Per lui poi viene prima il suo lavoro. Ce lo aveva detto *Sett 'e mezz* che è ambizioso. Vedrai che dopo il matrimonio le cose cambieranno», ma si capiva dalla voce che nemmeno lei ci credeva così tanto.

«Mi ha umiliata davanti a tutti. Con questo gesto ha dichiarato a tutto il paese che mi sposa solo per la dote. In fondo mi disprezza», le urlò lei tra le lacrime.

«È il destino di noi donne. Sta a te essere una buona

moglie, farti volere bene e tirare su i figli».

«Che vita è questa?», continuò angosciata Ida, «Da ragazze, serve in casa dei genitori. Siamo roba vostra, decidete voi chi dobbiamo sposare. Cara grazia se ci fate vedere lo sposo prima di andare in chiesa».

«Non essere ingiusta, ti abbiamo chiesto se ti piaceva. L'ultima parola l'hai avuta tu. Tante tue compagne non hanno nemmeno questo diritto».

«È vero, l'ho scelto io. Ho preferito lui perché mi porterà via da questo maledetto paese. D'altronde, cosa mi sarebbe toccato qui? La casa, la fabbrica, i campi, e poi i figli. Il marito torna ubriaco dall'osteria, e ti prende quando ha voglia. Zitta e muta. Oppure uno schiaffo se osi aprire bocca. Ho visto tante compaesane finire così, io non ho voluto fare quella fine».

«Sta a te farti rispettare, come faccio io con tuo padre. Ricordati sempre che in casa il marito comanda, ma è la moglie che dispone. E poi lo dice anche il detto *Omen e donn quant metten su la vera, comencen fa la vita da galera*».

Non la potevano certo consolare questi proverbi, così finì sottovoce, «Ma come si fa a mancare al proprio fidanzamento?»

«Certo che con il tuo caratteraccio…», sospirò la

madre. «Cerca di essere meno litigiosa, più arrendevole. Ecco, un po' come Angela».

A sentire quel nome, Ida vide rosso.

L'angelo della famiglia. Non la poteva sopportare quando la madre la portava come esempio, con quella sua aria da santarellina. Come se anche lei non avesse le sue stesse ambizioni.

Le guance erano in fiamme, voleva solo uscire da lì. L'aria della sera le avrebbe fatto bene.

Afferrò lo scialle e aprì la porta, ma si trovò davanti la sorella con un bicchiere d'acqua in mano.

«Eccola, l'acqua cheta, fuori dalla stanza a spiare. Sei contenta della mia umiliazione, vero?», le urlò in faccia.

«Ma che dici? Lo sai che ti voglio bene. Sono solo dispiaciuta».

Ma Ida voleva sfogare la sua rabbia, così la spintonò mentre usciva di corsa da casa. Le facevano una rabbia quegli occhi consolatori.

«Abbi pazienza, è nervosa. Si aspettava così tanto da questa giornata, e invece...».

Queste ultime parole materne la mortificarono, mentre usciva nella fredda sera.

Madre di nostro Signore, che vita mi aspetta a

Milano, con un uomo che non mi vuole? Mi disprezza al punto da non presentarsi al nostro fidanzamento.

Madonnina mia, dimmi, che ne sarà di me?

Se mi tirassi indietro? Contadina e operaia, una vita grama.

Dopo sposata, dovrò seguirlo. Ubbidire in silenzio ogni suo ordine. Non è uomo da accettare rifiuti.

Però almeno starò in città. Avrò da mangiare e una bella casa. Farò la padrona dietro una cassa in bottega.

Un passo dopo l'altro, si stava incamminando cieca verso il proprio destino.

Le mani stringevano forte i lembi dello scialle. Negli occhi solo il cielo stellato e una muta preghiera.

Madonna mia, forse è meglio non conoscere la propria sorte. Non voglio sapere cosa mi aspetta, potrebbe essere troppo doloroso.

Madre di tutte noi, ho un'unica richiesta da farti.

Insegnami a non versare più lacrime.

Secca i miei occhi, non voglio piangere più per nessuno.

Chi piange è debole, e io non lo voglio essere.

Devo essere forte per farmi apprezzare da mio marito.

Dopotutto non si può avere tutto dalla vita, le rispose la notte accarezzandole le spalle.

Ottobre 1933

Ida era da un paio di giorni ospite a casa di sua madre. L'aveva accompagnata il marito la domenica prima, poi l'avrebbe raggiunta il giorno di Ognissanti per fare insieme il giro dei cimiteri nei paesi.

Non ne aveva molta voglia, era ormai alla fine della sua gravidanza e avrebbe preferito starsene tranquilla nella casa paterna. Ma lui comandava e a lei toccava tacere e obbedire.

Quella mattina si era svegliata con delle ondate di dolore che le attraversavano il basso ventre e la schiena. Il bambino era pronto per nascere, ma le contrazioni erano ancora distanti tra di loro.

Ne avrebbe approfittato per preparare la stanza. Tirò fuori dal cassettone delle lenzuola e asciugamani vecchi per il parto.

Poi prese a camminare per la camera, le parenti le avevano detto che il movimento aiuta ad accelerare il travaglio. Non voleva ancora però chiamare la levatrice, aveva bisogno di un momento per sé e il suo bambino non ancora nato.

Prese dalla valigia una copertina di lana, l'aveva confezionata celeste per il suo primogenito.

Era sicura che sarebbe stato un maschietto. Non poteva essere diversamente, il marito non glielo avrebbe perdonato.

In ogni maglia era intrecciata una speranza per quella nascita, e anche una preghiera alla Madonna che il suo uomo le si affezionasse almeno un pochino, anche solo per riconoscenza per avergli dato un primogenito maschio.

S'immaginava l'infante stretto tra le braccia del padre orgoglioso

Un'altra contrazione. Questa era forte.

Sentì bagnato tra le gambe, le si erano rotte le acque. Era arrivato il momento di chiamare la levatrice.

Finalmente era nato. Un erede maschio.

Un visetto cianotico, un corpo gracilino e due orecchie a sventola. Serafino, nonno orgoglioso, era corso al bar per telefonare al genero.

Questi aveva brontolato, l'evento gli avrebbe rovinato il pranzo del giorno di Ognissanti con la sorella e i parenti.

Inoltre, per andare in paese, avrebbe dovuto chiudere il negozio in un giorno feriale.

Ma era nato il suo primogenito, non poteva attardarsi a partire.

Certo che lei avrebbe potuto aspettare il giorno dopo per figliare.

Ma i bambini non possono attendere i comodi di un padre affamato di cibo e risate.

Clementina aveva messo in braccio alla madre il suo bambino affamato che urlava a squarciagola.

Ida era stremata, avrebbe voluto dormire. Non si potevano occupare di lui le altre donne, invece di starle intorno per farle i complimenti?

Avrebbe voluto vicino solo il marito.

Lui, appena arrivato, invece, era andato all'osteria con i parenti e i compari per festeggiare.

Andò a trovarla solo qualche ora dopo.

Uno sguardo al figlioletto, con un dito gli aveva accarezzato la guancia rugosa.

«È un bel bambino, si chiamerà come mio zio. Brava, hai fatto il tuo dovere. Ora bada a tirarlo su bene. Poi ci penserò io a educarlo per farlo diventare un vero uomo come suo padre, perché un giorno dovrà aiutarmi in bottega».

Una risata vinosa, tra le labbra un mozzicone di sigaretta accesa. Uscì dalla stanza per raggiungere gli amici.

Tutto qui?

Non una parola affettuosa. Nemmeno fosse stata una vacca appena sgravatasi di un robusto vitellino.

Non si faceva illusioni, lo sapeva benissimo che il loro matrimonio era stato solo una transazione d'affari.

Con lei era sempre rabbioso, e sprezzante nei confronti della sua famiglia

Dopo lo sposalizio, le era arrivato anche un pettegolezzo. Lui e una sua cugina erano stati fidanzati segretamente, ma la famiglia non aveva voluto. Era così stato costretto ad abbandonarla per sposare lei.

Tanta fatica e dolore per niente. Nemmeno un figlio le aveva regalato il suo rispetto.

«Ida sei sveglia?»

Angela la scosse dai suoi pensieri mentre entrava in camera. Si avvicinò al letto per ammirare il nipotino.

«Quanto è bello! Devi essere così orgogliosa di questo angioletto. Non vedo l'ora di averne uno anch'io», disse ridendo.

«Tuo marito si vanta da basso con i parenti e gli amici. Però non è bello che prenda in giro nostro padre. Dice che il suocero è stato capace di fare solo figlie femmine. Non gli puoi dire qualcosa per farlo smettere?»

Ormai avrebbero dovuto capirlo tutti che lei non aveva nessun ascendente su di lui. Almeno avrebbe fatto in modo di essergli indispensabile in bottega, era la sua unica speranza.

Inutile fare altri figli, solo dolori e impicci.

Scosse le spalle per scacciare quei pensieri molesti, quindi passò con malagrazia il figlio alla sorella e girò la testa verso il muro.

Angela rimase con il bimbo tra le braccia e gli diede un bacio sulla testolina. Quindi si sedette su una sedia per ninnare il piccolino.

Era calata la sera, la cucina era illuminata solo dal fuoco nel camino.

Angela e Ida avevano finito di rigovernare le stoviglie. Erano sole in casa, il bimbo dormiva tranquillo nella culla. Sedute davanti al focolare acceso, erano immerse ognuna nei propri pensieri, cullate dalla danza ipnotica delle fiamme.

Un lamento del piccolo le scosse dal loro torpore. Angela alzò lo sguardo sulla sorella, pareva un momento propizio per delle confidenze.

«Sei soddisfatta del tuo matrimonio?»

«Ho ottenuto quello che volevo. Un marito benestante, una bottega dove sono la padrona, un figlio maschio sano e robusto», rispose Ida continuando a fissare le lingue di fuoco.

«Ma sei felice?»

«Che intendi? Non esiste la felicità, almeno per quelle come noi. Ci sono giornate buone e altre cattive. Si deve solo tentare di godere delle prime, quando capitano».

«Perché dici così? Non ci meritiamo di essere felici?»

Ida girò per un momento lo sguardo verso la sorella.

«Smettila di aspettarti troppo dalla vita e accontentati di quello che arriva. Le signore ricche possono credere nella felicità, sprofondate nei loro bei divani comodi sorseggiando vero caffè e chiacchierando con le amiche. Non è roba per noi. Siamo nate per sgobbare dall'alba a notte fonda tra mille patimenti».

«Sei almeno contenta di tuo marito?»

«L'ho voluto io e ora me lo tengo. Finiscila con queste sciocchezze e lasciami godere il mio momento di pace».

Ormai però la breve parentesi di quiete era stata spezzata. Qualche minuto dopo sentirono la porta sbattere violentemente. Il piccolo si svegliò impaurito e scoppiò a piangere.

Il marito di Ida era un uomo imponente, incuteva timore solo a guardarlo. Indossava stivali e giacca di cuoio, era arrivato dalla città in motocicletta.

Con occhi maligni scrutò nella stanza.

Senza salutare le sorelle, si diresse verso la culla.

«Perché piange?»

«Si è spaventato quando siete entrato. Lo ha svegliato il forte rumore», rispose Angela avvicinandosi al bambino, come per proteggere il nipotino dall'ira del padre.

«Allora prendilo in braccia e fallo smettere. Non è serata di capricci».

La cognata prese in braccio il piccolino e iniziò a ninnarlo.

Poi rivolgendosi alla moglie ancora seduta, «Preparami qualcosa di caldo. Muoviti, sono congelato».

Lei si alzò e andò alla stufa per versargli in una fondina del minestrone ancora bollente.

Apparecchiò la tavola aggiungendo anche del pane, formaggio, e un fiasco di vino rosso.

Lui si sedette lasciandosi cadere pesantemente sulla sedia e cominciò a mangiare. Ma dopo la prima cucchiaiata, spinse via il piatto sputando per terra il brodo e versandosi un bicchiere di vino per sciacquarsi la bocca.

«Che schifezza mi hai dato?», urlò.

«Il minestrone l'ha fatto oggi nostra madre con le verdure dell'orto e il brodo di gallina», intervenne Angela.

«*Fa citu*! Chi ti ha interrogato?», la zittì la sorella.

«Siete tanto taccagni, che il brodo è acqua di fonte. Il pane è *poss*. Se voglio mangiare qualcosa, tanto vale che vada all'osteria».

Si alzò bruscamente facendo cadere la sedia.

Il bambino scoppiò di nuovo a piangere.

Questo lo fece innervosire ancora di più. Prese la moglie rudemente per un braccio e la spinse verso Angela.

«Almeno prendi tuo figlio in braccio e fallo smettere. O hai bisogno che ci pensi tua sorella? Buona a nulla che non sei altro! Maledetto il giorno che ti ho sposato. Non ho avuto altro che disgrazie!», le urlò mentre usciva di casa.

Ida prese di malagrazia il figlioletto dalle braccia della sorella, lanciandole un'occhiata cattiva.

«Questa è la felicità che sogni davanti al fuoco. Sei contenta adesso? Vuoi stare sempre a dire la tua! *Zabéta che non te se alter*».

Quindi salì al piano di sopra, lasciando Angela mortificata per quello che era successo.

Ombretta

Luglio 2017

È quasi una settimana che io ed Emma siamo a Sifnos, un'isoletta dell'arcipelago delle Cicladi.

Il primo giorno ci siamo fermate ad Atene, volevo visitare il Partenone. Il caldo atroce non me lo ha fatto apprezzare, la mia attenzione era concentrata a cercare oasi ombrose.

Mi ha spaventato però la povertà della capitale, mi è sembrato di scorgere un riflesso di quello che potrebbe essere il futuro italiano. Miseria e disperazione.

L'albergo vicino al porto dove abbiamo passato la notte prima di imbarcarci sembra uscito da un film del dopoguerra, una stanza fatiscente con un minuscolo bagno dove gli scarafaggi mi fanno compagnia mentre tento di rinfrescarmi sotto una doccia pericolante.

A Sifnos, il cobalto del mare si fonde con il candore delle sue case, mentre l'aria odora di liquirizia. Passiamo le giornate in spiaggia a dormire e a prendere il sole, mentre la sera gironzoliamo per i paesini.

Nessun pensiero per la testa, soltanto silenzio e tranquillità per tacitare la mia mente frustrata.

Apollonia, la capitale dell'isola, ci accoglie la sera con i suoi ristorantini, dove ci facciamo tentare dai suoi piatti.

In una di queste cene, ritorna Angela.

«Come va la ricerca su quella tua parente?», mi chiede Emma.

Mi dà quasi fastidio la domanda. Non ci voglio pensare durante questa vacanza.

Rimango in silenzio, mentre finisco la mia *moussaka*, ma alla fine rispondo.

«Sono bloccata. L'archivio sanitario di Como mi ha chiuso le porte in faccia. Ho provato a fare una nuova richiesta prima di partire, ma non ci spero molto. Forse dovrei abbandonare».

«Non farlo, la storia è così coinvolgente. Vedrai che prima o poi arriva qualcosa».

«Non so. Forse è meglio se lascio andare il passato e penso al mio presente, è già abbastanza incasinato».

Riprendiamo a mangiare. Alla fine del piatto riprende il discorso.

«Perché non ne ricavi un romanzo? Considera quante persone ti hanno dato una mano solo perché si erano commosse al racconto della sua vicenda».

«Hai ragione, la storia vale la pena di essere scritta, ma non da me. Non sono abbastanza brava. Non so più scrivere, questa è la verità».

Emma si mette a ridere, «In questo periodo vedi tutto nero. Prima di partire dobbiamo andare al monastero di Chrissopigi. Chiedi una grazia alla sua Madonna, perché ti aiuti a trovare una soluzione ai tuoi problemi».

«Meglio trovare aiuto in un buon bicchiere di vino», rispondo scherzando.

Un nuovo piatto arrivato in tavola ci fa cambiare argomento.

Questa mattina siamo andate alla rocca sacra di Chrissopigi, dove è situato il Monastero dedicato a Panagia, la Madre di Gesù.

Una leggenda narra che secoli fa un'icona raffigurante la Madonna con in braccio suo figlio venne trovata sulla spiaggia, dove era stata trasportata dalle onde. I pescatori si convinsero che era stato loro regalata dal mare per proteggerli dal pericolo dei pirati. Da allora ogni anno viene portata in una chiesa diversa sull'isola, perché possa proteggere tutte le loro spiagge.

Purtroppo al monastero ora c'è solo una sua copia, l'originale è ospite di un altro luogo sacro.

Per arrivarci abbiamo percorso in auto una strada a serpentina, fino ad arrivare a un promontorio di nudi scogli nivei. Il monastero ci attende alla fine della discesa. Il suo bianco accecante spicca nell'azzurro delle onde del mar Egeo.

Il luogo è deserto, gli unici abitanti apparenti sono dei gatti sdraiati all'ombra degli edifici.

Passeggio sulle rocce, mentre ascolto il frangersi delle onde. Un breve momento di raccoglimento all'ombra del piccolo campanile e tra le sue abbaglianti mura.

Perché non seguire il consiglio di Emma e provare a chiedere aiuto alla Vergine?

Raccolgo una pietra e le affido la mia preghiera, *per favore, aiutami*, poi vado sull'ultima roccia del promontorio per lanciarla in mare.

Quindi torno indietro di corsa.

Prima di andarmene, acquisto una copia dell'icona in ricordo di questa giornata.

In qualche modo la Madonna ha esaudito la mia preghiera.

Appena tornate alla nostra stanza, mi collego per controllare le mie email. Ce ne è una dell'ospedale del Sant'Anna in cui mi comunicano che faranno ulteriori indagini.

Mentre rispondo ringraziandoli, arriva la nostra gentile ospite con dell'anguria per rinfrescarci dall'arsura, e ci comunica che è arrivata una coppia di italiani. Li ha alloggiati vicino a noi, così ci faremo compagnia.

Li abbiamo conosciuti qualche ora dopo, e come spesso capita all'estero tra connazionali, ci siamo messi a chiacchierare.

Sono simpatici, stanno visitando le isole. Arriva un sms, l'uomo tira fuori il cellulare, ma è solo una notifica. Nel suo paese c'è stato un temporale molto forte.

«Di dove siete?», viene naturale chiedere.

«Manera, in provincia di Como», mi risponde.

Rimango senza parole.

«Sto facendo ricerche su una persona nata lì all'inizio del secolo scorso».

Gli racconto la storia di Angela.

«Se vuoi ti do una mano. Conosco tutti in paese. Sono anche amico di un consigliere comunale di

Lomazzo. Quando torno le do il tuo numero».

Lo ringrazio, ci scambiamo i numeri telefonici, anche se non ci spero molto. Si è generosi nell'offrire il proprio aiuto, quando si sa di non rivedersi più.

Ultima cena sull'isola ad Artemonas, un villaggio in cima ad una modesta collina. Chiacchierando con il nostro ristoratore scopriamo che nella chiesa di fianco al suo locale, è conservata l'icona originale *Panagia Zoodochos Pigi*, quella del monastero di Chrissopigi.

L'uomo è il custode delle chiavi della chiesa e gentilmente si offre di aprirla e di farci da cicerone.

La Vergine è stata raffigurata seduta in una fontana rotonda (il cosmo, l'universo) in cima a una vasca rettangolare (la terra, il mondo materiale), e tiene in grembo Gesù.

Simboleggia quindi la sorgente che dà la vita. Un altro segno del destino di speranza e rinnovamento? Mi piace pensarlo.

Domani si ritorna ad Atene, per poi proseguire per Milano.

La nostra vacanza è finita.

Un'ultima annotazione.

Ho ricevuto anche un'email dall'unica rivista per cui ormai scrivo. Mi ringraziano della mia collaborazione, ma non sono più interessati ai miei articoli.

Torno a Milano senza lavoro.

Si ricomincia da capo.

Non ho molto da fare in questi giorni. Ormai posso anche smettere di fare finta di scrivere articoli.

Mi annoio, passo il mio tempo a navigare su Google.

Per gioco inserisco come parole chiave nel motore di ricerca, il nome completo di Emilio e poi "*Svizzera*". Il primo link che si apre è quello del cimitero di Lugano, dove è presente il suo nominativo. La data di nascita corrisponde a quella sulle mappe catastali.

È un elenco comunale di tombe in stato di abbandono che verranno rimosse a breve, e tra queste c'è la tomba della sua famiglia.

Il link è ormai vecchio di un paio d'anni, sicuramente sarà stata già levata.

Un tentativo però lo voglio fare lo stesso. Scrivo all'ufficio preposto per sapere se c'è ancora. Chiedo anche se c'è una sua foto sulla lapide, mi piacerebbe vedere il volto di Emilio.

Mi rispondono dopo un paio di giorni:

La tomba della famiglia XXX attualmente esiste ancora ma, essendo una tomba abbandonata e priva di eredi, in futuro potrebbe essere smontata e il posto assegnato a qualcun altro.
Purtroppo non abbiamo alcuna informazione riguardo il gruppo famigliare, fatta eccezione per le epigrafi riportate nella tomba in questione, della quale le allego una foto.

Una semplice croce in pietra con incisi i nomi e le date, sullo sfondo le belle montagne svizzere.

Un senso di pace e di abbandono, ma nessuna fotografia.

Ho però recuperato un indizio molto importante, la sua data di morte, oltre ai nomi dei suoi parenti più stretti.

Ora che ho queste informazioni, non mi resta che rivolgermi agli Archivi Arcivescovili di Lugano. Ho imparato che per avere notizie dettagliate del secolo passato sono loro le uniche fonti attendibili.

Mi contatta l'Archivista svizzero, e mi conferma che la famiglia di Emilio è registrata nei loro libri. Se voglio avere una copia del suo albero genealogico devo recarmi presso i loro uffici, oppure pagare la segreteria perché faccia la ricerca per me.

Sono senza lavoro, i biglietti ferroviari per Lugano sono costosi. Faccio un bonifico.

Mi vengono inoltrati a stretto giro di email i dati richiesti.

L'impiegato si è così appassionato a questa vicenda, che si è messo a cercare negli archivi storici online dei giornali ticinesi. Mi inoltra anche un annuncio pubblicato da Emilio sulla "*Gazzetta ticinese*" del 6 febbraio 1959, in cui pubblicizzava il suo gabinetto medico a Campione d'Italia.

Tento un'ultima volta la fortuna su Google, voglio assolutamente trovare una sua fotografia. Questa volta sono più fortunata. Ne trovo una del 1923, con lui adolescente in compagnia del fratello minore, entrambi in divisa da Giovane Esploratore della sezione scout di Lugano.

Meglio di niente.

A questo punto posso tratteggiare una biografia dei suoi primi anni.

La sua famiglia era originaria di Guanzate, un paese a soli sette chilometri dalla Manera. Il padre era emigrato a Lugano e qui aveva aperto un negozio di latticini in società con il fratello.

Emilio nacque nel gennaio 1909.

Si laureò in medicina a Milano alla fine del 1933. Fu iscritto all'albo dei Medici di Milano dal 1935 al 1937. Poi si cancellò per passare a quello di Como nel novembre 1937.

Ipotizzo che alla fine del 1937 o all'inizio del 1938 si fosse trasferito a Lomazzo.

Il paese era piccolo, quindi è probabile che lui e Angela abbiano fatto presto conoscenza.

Il giovane era fresco di laurea, aveva poco meno di trent'anni. Me lo immagino entusiasta per la carriera lavorativa che gli si spalancava davanti.

Nelle interviste fatte fino a questo momento, me lo hanno descritto come un bell'uomo, alto, sempre ben vestito. Non dava molta confidenza alla gente del paese. Però era molto stimato dai suoi pazienti per la sua professionalità.

Me lo immagino girare in bicicletta, un gran lusso per quei tempi, nella nebbia lombarda, intabarrato nel suo pesante cappotto nero, fischiettando per farsi compagnia.

Chissà per quale caso scambiò le prime parole con Angela.

Forse era andato nella sua corte per qualche visita.

Poi un secondo incontro.

Due parole cortesi lui, un timido *buongiorno* lei, occhi bassi e via di corsa.

L'uomo conosciuto in Grecia ha mantenuto la sua parola.

Qualche giorno fa mi ha chiamato per darmi il numero del consigliere di Lomazzo di cui mi aveva parlato.

La chiamo subito per fissare un appuntamento.

Si offre di accompagnarmi a visitare la Villa Rotonda e di raccontarmi la storia del paese.

Ci siamo date appuntamento alla stazione di Lomazzo.

Scendo dal treno e noto una signora di mezza età impegnata a una conversazione al cellulare vicino a un'auto. In giro non c'è nessun'altra. Mi avvicino, si accorge di me e chiude la chiamata.

«Ombretta? Buongiorno, l'aspettavo. Come prima tappa del nostro viaggio nella memoria, pensavo di portarla a vedere la villa».

«Mi affido a lei», rispondo sorridendo.

Saliamo in macchina e cinque minuti dopo siamo davanti alla casa.

Questa ha un'aria abbandonata.

Il giardino è incolto, sembra soffrire per la sua solitudine. Nell'aria sembra stagnare un dolore irrisolto.

L'edificio e il suo parco hanno assoluto bisogno di ritornare alla vita.

Scatto qualche fotografia.

Mi affascina la sua forma rotonda dalle linee sinuose, ma allo stesso tempo m'incute un senso di freddezza. È troppo perfetta, così armoniosa in tutte le sue parti. Ho provato a fantasticare cosa doveva aver provato Angela la prima volta che la vide.

Di sicuro la conquistò con le sue promesse ammaliatrici. Era una casa per gente ricca, da ammirare come un oggetto raffinato.

Non sembrava fatta però per crescerci dei figli.

Non riesco a immaginare giocattoli sparsi o disordine per le stanze. Suggerisce ricevimenti e languide padrone di casa sdraiate in giardino a leggere riviste patinate, non a stendere i panni.

Non è una dimora in cui avrebbe potuto abitare Angela, e nemmeno io.

Ma per un lungo momento poteva far sognare.

«Le faccio fare un giro turistico di Lomazzo».

«Per me va bene, non conosco la zona».

Risaliamo in auto. La mia gentile ospite, fiera del suo paese, mi offre un giro tra le sue preziose ville. Prima fra tutte quella del Somaini, che venne realizzata con il suo parco nel XVIII secolo. Fu residenza del beato papa Innocenzo XI e della famiglia Rosales.

Nel tragitto, chiacchieriamo di passioni infelici. Una di queste storie aveva bussato al suo ufficio in municipio qualche anno prima.

«Posso entrare? Ha un momento per me?»

«Buongiorno, signora Ardea, per lei sono sempre libera. Come sta?»

Entra una donna anziana nel mio ufficio in comune, ancora bella nonostante l'età avanzata e la malattia che sta avendo il sopravvento su di lei. Il suo arrivo è un piacevole intermezzo nella mia burocrazia quotidiana. Chiacchierare con lei è sempre molto piacevole, ha conosciuto un mondo che io posso solo sbirciare in televisione.

«Devo chiederle un grosso favore. Solo lei può

aiutarmi».

Sono stupita dalla sua richiesta di aiuto, è una donna orgogliosa, non chiede mai nulla a nessuno.

«Non mi rimane molto da vivere, e sto mettendo a posto i miei affari terreni».

«Ha ancora davanti tanti anni», tento di protestare debolmente, sapendo che è una bugia.

«Non spaventa la morte alla mia età. Sono stanca, ho avuto una bella vita piena d'amore. Non lascio figli che piangano per me. Quel poco che ho, lo lascio in beneficenza. Però vorrei essere sepolta il più possibile vicino alla tomba del mio Francesco. So che è difficile, quasi impossibile, per questo le chiedo di aiutarmi. Mi può concedere questa unica grande grazia?»

Questi era un famoso artista, figlio di un facoltoso imprenditore del paese.

Ardea invece era una povera operaia del Friuli, impiegata nella fabbrica del padre di lui. Si erano incontrati per caso e si erano innamorati perdutamente. Ma un matrimonio tra loro era impossibile, sarebbe stato uno scandalo troppo grande.

Lei per lui era stata la sua musa ispiratrice. La fece studiare, viaggiarono insieme per tutto il mondo:

Svizzera, Olanda, Stati Uniti, Nuova Zelanda, Giappone.

Lui per lei era stato tutto l'universo.

Quando l'uomo si ammalò, la famiglia vietò alla donna di stargli vicino. Non le concessero nemmeno l'ultimo saluto.

La loro storia d'amore era conosciuta in tutto il paese, ma se ne poteva parlare solo sottovoce. Come se amare fosse un peccato capitale.

Una passione clandestina che durò per tutta la loro vita.

«Glielo prometto, Ardea, lei riposerà vicino al suo Francesco».

Ci siamo fermate al cimitero di Lomazzo, voglio vedere le loro tombe.

Lui è sepolto nel mausoleo della sua ricca famiglia, lei in una tomba modesta quasi davanti a quella di lui.

Ora riposano uno davanti all'altra. Nessuno ormai li può più separare.

Agosto 2017

Il mese più temuto dell'anno è arrivato. Sinonimo di afa, depressione e solitudine.

Questo agosto in particolare è il più odioso, perché sono costretta in città dalla mancanza di soldi. Devo risparmiare, non ho un lavoro nel mio futuro.

Tento di trovare un impiego, ma gli uffici sono chiusi, nessuno dà retta alle mie richieste. Sono obbligata a fermarmi.

Dedico del tempo a recuperare tutto il materiale raccolto e metterlo in ordine.

Ho ripreso la linea cronologica che avevo tracciato un paio di mesi fa e l'ho aggiornata.

Guardo le fotografie. Occhi che mi fissano senza vedermi, labbra che sussurrano storie senza voce.

Forse aspettano che io le racconti.

Magari Emma ha ragione, potrei trarne un romanzo da questa ricerca, così li riporterei in vita, anche se solo sulla carta.

È poi così importante se la loro storia non sarà del tutto aderente alla realtà?

André Gode scrive che *"la storia è una narrativa che è realmente accaduta, mentre la narrativa è la storia di ciò che sarebbe potuto essere"*.

Mancano ancora trenta giorni a settembre, ho tutto il tempo per farlo.

Solo per me, e per Angela.

Poi si vedrà.

<u>Angela</u>

Dicembre 1937

Finalmente era sabato, la settimana di lavoro al Martinetta era finita. Angela uscì allegra chiacchierando con le colleghe.

«Che freddo fa», esclamò stringendosi addosso un capotto liso di foggia maschile.

«La serata giusta per andare a trovare la Maria a Lomazzo», rise una sua compagna.

«Camminerò veloce per scaldarmi. Mi fa piacere stare un po' con lei. È da quando si è sposata che la vedo poco. Sento la nostalgia delle *nòster quàter ciàcer* alla fontana o al forno in attesa del turno. Mia madre mi ha dato il permesso di fermarmi fino a lunedì», rispose la giovane soffiandosi sulle mani per scaldarsele. «Suo marito non c'è, è stato chiamato soldato per la Campagna d'Africa e lei deve sgravarsi fra qualche giorno. Le faccio compagnia».

Salutò quindi le compagne e si diresse a passo svelto verso Lomazzo.

Appena entrata in casa dell'amica incinta, si accorse che c'era qualcosa che non andava.

«Che hai? Hai l'aria stanca e sciupata».

«Niente, solo qualche dolore. Questa notte non sono riuscita a chiudere occhio. Ma è ancora presto per il bambino», sospirò con un sorriso tirato.

Più passava il tempo, peggio però stava. Non si lamentava, ma non riusciva a stare ferma.

«Che ti succede?», le chiese Angela preoccupata, quando sentì l'amica gemere accasciandosi su una sedia.

Sotto di lei si era formata una pozza d'acqua. Corse in cortile per chiamare la suocera di Maria, che stava chiacchierando con una comare.

«Sta iniziando il travaglio!», l'avvisò agitata.

Le donne rientrarono veloci e accompagnarono la puerpera in camera da letto, mentre spedirono lei a cercare la levatrice.

Questa arrivò subito.

«Mettete il paiolo sul fuoco, c'è bisogno di acqua calda. Dov'è il lenzuolo? Sono pronte le pezzuole per il nascituro?»

Tutto era già pronto.

Passarono le ore.

I lamenti di Maria erano sempre più fiacchi, distrutta com'era dal dolore. Il bambino non riusciva a nascere.

La levatrice e la suocera uscirono dalla camera,

parlando sottovoce tra di loro.

Angela le seguì in ansia, qualcosa non andava per il verso giusto. Il bimbo ci stava mettendo troppo per uscire.

«Ci vuole ancora molto?», domandò loro.

«Meglio chiamare il *dutur*. Corri!», l'esortò la levatrice.

La ragazza prese il cappotto e corse verso l'abitazione del medico.

Al primo scampanellio, questi si affacciò alla finestra e, compresa l'urgenza, prese la borsa incamminandosi con lei.

Senza farsi notare, Angela si mise a studiarlo curiosa. Aveva sentito tanti pettegolezzi su di lui, e fino ad allora lo aveva solo intravisto da lontano.

Era giovane per essere già un medico condotto.

Le pareva un bell'uomo.

Un po' l'intimidiva, anche se le era parso gentile.

Quanto era stata stupida. La voce le era uscita a malapena quando questi le aveva rivolto la parola per chiederle il motivo della chiamata.

Alla fine arrivarono a destinazione.

La levatrice uscì dalla stanza, «Venga *sciur dutur*. Il bambino si presenta con i piedi».

Il medico entrò in fretta nella stanza salutando i

presenti, mentre Angela si sedette su una panca fuori dalla porta, di nuovo in ansia per le urla di Maria.

Poi il silenzio. Infine un vagito.

Dopo qualche tempo, il dottore uscì dalla camera, le maniche della camicia arrotolate e la giacca appoggiata sul braccio.

Angela gli portò un catino d'acqua, un pezzo di sapone e una salvietta pulita per lavarsi le mani.

«La sua amica sta bene, è solo stremata dalla fatica. Niente che non si possa risolvere con una bella nottata di sonno. È diventata mamma di un bel maschietto. Dove si trova il marito?»

La giovane donna non fece in tempo a rispondere, che uscì la suocera, orgogliosa come se avesse partorito lei.

«*El mee fioeu è partii suldaa*», rispose, «ma domani chiederò a don Attilio di scrivergli la bella notizia. Ne sarà così felice. Il suo primogenito è sano e robusto».

«Sarà doppiamente fiera di suo figlio: è andato a combattere per la Patria e ha generato un maschio», rispose sorridendole lui.

Le donne si scambiarono un'occhiata stranita.

Cosa stava dicendo? Sarebbe stato meglio per tutti se non fosse stato richiamato. C'era così tanto lavoro nei campi, e ora c'era anche una bocca in più da sfamare.

Quelli erano ragionamenti da uomo che aveva studiato e aveva il pane ogni giorno in tavola.

Ma era inutile ribattere, e saggiamente l'anziana donna cambiò discorso.

«Angela, hai offerto qualcosa al dottore? Gradisce un bicchiere di vino?»

«Grazie, come se avessi accettato. Ora devo proprio andare».

Prese la giacca e la borsa. Uscì rivolgendo un ultimo sorriso ad Angela, che arrossì.

«Vieni a vedere *el piscinin*», la chiamarono le comari. Lei scosse la testa ridendo per la sua balordaggine, e corse felice per conoscere il nuovo nato.

Gennaio 1938

«Oggi pomeriggio porto *el me fiulet* dal nuovo *dutur* a Lomazzo», comunicò a pranzo Ida ai genitori.

«Ha questa tosse che non mi piace. Stamattina aveva anche qualche linea di febbre».

Il padre approvò subito, stravedeva per il nipotino.

Era sempre lì ad accarezzarselo e a costruirgli dei balocchi di legno.

«Quante storie», brontolò invece la madre, «qualche cucchiaiata di china e delle compresse calde di farina di lino, e vedrai che gli passa tutto in un momento».

«La Gina mi ha detto che è specializzato in malattie per i bambini, ne approfitto prima di tornare a Milano», replicò la figlia. «Non vi preoccupate per l'onorario, lo pago io».

«Ti accompagno», si offrì Angela.

Tutti e tre si girarono a guardarla.

«Perché? Non ha mica bisogno dell'accompagnatrice», ribatté Clementina.

«Ne approfitto per andare a trovare la Maria, che ha sgravato da qualche settimana».

«Che motivo c'è? Ho bisogno del tuo aiuto in casa».

«Lasciatela venire, mi farà compagnia. È più brava di me a far divertire il bambino. Sapete com'è noioso quanto non sta bene».

«Vai, un po' di svago ti fa bene», intervenne il padre. Alla fine anche la madre diede il suo consenso, anche se non capiva che divertimento fosse andare dal dottore.

Quando arrivarono al gabinetto medico, c'era la fila in sala d'aspetto. Il giovane dottore si era già fatta una buona reputazione.

Le due giovani donne trovarono un posto sulla panca. Angela teneva il nipotino in braccio, facendolo saltellare sulle ginocchia per farlo divertire.

Alla fine venne il loro turno. Entrarono insieme.

Ida mise il figlioletto sul lettino e gli aprì la camicina, illustrando al dottore i sintomi.

Lui l'ascoltò attento, poi auscultò il petto del bambino, questi si spaventò e si mise a piangere. La madre, irritata, lo sgridò.

«Se non piangi ti do una caramella. La vuoi?», disse il medico sorridendo.

Aprì un grosso vaso di vetro e ne cavò una caramella fatta in casa e gliela infilò in bocca.

«È al miele ed eucalipto, gli fa bene alla gola», sorrise quando Ida lo ringraziò.

«Non si preoccupi, è solo un po' di costipazione. Riposo, chinino e delle compresse di farina di lino. In un paio di giorni passa tutto».

Uscite dal gabinetto medico, Ida borbottò, «Se avessi dato retta a nostra madre, avrei risparmiato i soldi. È tutta qui la sua scienza?»

«Però è stato bravo con il *fiulet*. Hai visto come lo ha fatto smettere di piangere?»

«Gli ha dato una caramella, sai che abilità. A me è sembrato invece che ha *la spüzza sott al nas*. Stava sulle sue».

«È solo riservato, mi è parso molto gentile».

«Sarà», rispose Ida, mentre copriva per bene il figlioletto.

Si aprì una porta che dava sul corridoio, e uscì una matura signora vestita con gusto. Senza degnarle di uno sguardo, entrò nello studio del medico. Probabilmente era la madre, gli assomigliava nello sguardo orgoglioso.

Le sorelle, passando davanti alla stanza aperta, guardarono incuriosite dentro. Era un salotto elegante. Vi era un divano, delle poltrone di cuoio e un tavolino al centro della stanza con appoggiato sopra dei libri e un cestino da lavoro. Alle finestre c'erano delle vaporose tende di pizzo. Si poteva immaginare madre e figlio riposare chiacchierando seduti comodamente lì dentro.

«Mi piacerebbe una stanza come quella a casa mia», sospirò Ida, «mi ci vedo invitare i nostri parenti, seduta in poltrona, mentre quelli rosicano dall'invidia».

«Non essere antipatica. Sarebbero contenti per te, non gelosi», rispose ridendo Angela.

«Che ingenuotta. Ha ragione nostra madre quando dice che quelli ci contano anche i bocconi che mangiamo. Allora voglio farli crepare. Dopotutto lo dice anche il proverbio: *meglio essere invidiati che esser compianti*».

«Vorrei anch'io una casa così, con un marito come il dottore», sospirò Angela.

«Accontentati di uno della nostra razza. Quello lì non abbassa lo sguardo su delle operaie, stai sicura», rise Ida divertita dall'idea che le pareva balorda.

«Chissà! Nella vita si sono viste ben altre cose», sospirò la sorella.

La maggiore scosse la testa, «Angela, basta sognare, non sei più una *tosetta*. E basta anch'io. Altro che salotto buono per Milano, come spiegherò *al mi omm* i soldi spesi per la visita».

Distratte ognuna dai propri pensieri, le due s'incamminarono verso casa, dimentiche di Maria e del suo piccolino.

Giorno di mercato, sempre una festa per il paese. Le bancarelle erano affollate di donne che ne approfittavano per fare acquisti. Gli uomini, invece, per bere un bicchiere di vino con i compaesani e scambiare le ultime novità.

Anche Emilio era in piazza. Sperava di svagarsi, anche solo un po' di movimento poteva spezzare la monotonia paesana.

«Buongiorno *sciur dutur*. Che fortuna incontrarla. *Mi senti poco ben*».

Le sue speranze di una tranquilla passeggiata tra i banchi erano state spazzate via da una vecchia contadina che gli aveva bloccato il passaggio.

«Mi scusi, ma mi aspetta un collega. Devo andare», tentò lui di liberarsi con una scusa. Speranza vana.

L'anziana donna non gli dette retta, continuando come se lui non avesse parlato.

«Mi fanno male le gambe, e ho la testa *straca*. Che sarà?»

Alla fine lui si arrese, accontentandosi di lasciare vagare lo sguardo tra le bancarelle, mentre lei continuava a raccontargli i suoi malanni.

La sua attenzione venne attirata da un banco dove c'era un numeroso gruppo di donne. Tra queste vi era una ragazza sottile con un volto grazioso dalla carnagione perlacea, incorniciato da vaporosi capelli castani. L'aveva già vista, ma non si ricordava dove.

«La conosce?» gli chiese la contadina, accorgendosi che il medico stava fissando la giovane.

«Di vista. Mi sembra che sia venuta un paio di volte nel mio studio, ma non ricordo il suo nome».

«È Angela, la figlia minore di Clementina e Serafino, quelli della *Curt di Zupitt*». Lo informò lei, felice di avere finalmente catturato la sua attenzione, anche se solo per un pettegolezzo.

«È *una tosa* tanto bella quanto brava. Così timorata di Dio. Non dà confidenza ai giovanotti come tante altre. Fortunato chi se la piglia».

«È fidanzata?»

«Non ancora. Non è una che si accontenta. Lei e la sorella sono di gusti difficili. Ma se lo possono permettere, i genitori risparmiano da quando sono nate per dare alle figlie una ricca dote. La maggiore ha sposato un commerciante di Milano».

Ma basta chiacchiere. Era stanco di dare retta alla vecchia donna, così la congedò.

«L'aspetto in studio domani mattina per una visita. La saluto».

Poi se ne andò, liquidando così quelle ciance da comare.

Prima però, lanciò ancora un'occhiata di apprezzamento alla giovane. Era veramente molto carina.

Fu presto distolto da quella piacevole visione dal capo cantiere che lo stava aspettando davanti al portone di casa con dei fogli in mano. Di certo altre fatture da pagare, pensò sospirando.

La piazza del paese era in subbuglio per un'avventura straordinaria capitata a quattro bambini del luogo. Pasquale, il cuginetto di Angela e Ida, era uno tra di loro.

La gente incuriosita gli si era riunita intorno per sentire il fatto, ma i ragazzini erano così eccitati da non riuscire quasi a raccontare.

Le parole inciampavano, erano troppe per metterle in ordine. Parlavano tutti insieme, ridendo e urlando all'unisono.

«Oddio, non ci posso ancora credere!»

«Sono sicuro che non mi capiterà più un'avventura del genere!»

«Posso anche morire ora, tanto non vivrò niente di più emozionante».

«Zitti tutti! Parla te, Pasquale».

Il bimbetto fece un bel respiro, poi cominciò a raccontare.

«Oggi *se barbelava dal frec più del solit*. Le mani e i piedi erano pezzi di ghiaccio, e la strada per tornare a casa da scuola sembrava più lunga del solito. All'improvviso abbiamo sentito un gran rumore dietro di noi, stava arrivando a forte velocità una lucida automobile nera. Ci siamo spostati sul bordo della strada per farla passare, ma qualche metro più avanti questa si è fermata. Siamo corsi lì per vedere cosa fosse successo».

«Che fortuna avete avuto, poterla vedere da vicino», sospirò un ragazzino invidioso.

«Taci, lascialo andare avanti, o qui facciamo notte!», lo zittì un altro.

Pasquale riprese il suo racconto, «L'autista ha tirato giù il finestrino e fatto cenno di avvicinarci. Chi ha chiesto dove stavamo andando con quel freddo. Gli abbiamo risposto che stavamo tornando da scuola di Lomazzo».

Le persone intorno lo interruppero ridendo della curiosità dell'autista. Dove dovevano andare dei *fiulet* a quell'ora? Vennero tacitati da altri che volevano che continuasse a raccontare.

«*Dove abitate?*, ci chiese ancora sporgendosi dal finestrino per vedere la direzione che gli stavamo indicando: il campanile della Manera. Per qualche secondo è rimasto fermo a fissarci, borbottando tra sé che era così lontano. Poi brusco ha aperto la portiera dietro e ci ha ordinato di salire, per quella volta ci avrebbe risparmiato la strada a piedi».

Pasquale continuò la sua storia.

«Non potevamo credere alle nostre orecchie. Siamo rimasti lì come stupidi a bocca aperta, fino a che *el sciur* ci ha fatto un nuovo cenno con la testa per sollecitarci a salire. Ci siamo precipitati dentro, per paura che cambiasse idea. Per tutto il viaggio siamo rimasti con il naso incollato ai finestrini. La testa mi girava per la velocità, peccato che il viaggio sia durato così poco. Nemmeno il tempo di dire un amen, eravamo già in piazza. Ci ha fatto scendere e poi è subito ripartito. Non abbiamo nemmeno avuto il tempo di ringraziarlo».

Nel gruppo c'era anche Angela, attenta alla storia.

Non ne passavano tante di macchine nel loro paese. Al massimo qualche motoretta o dei camion. Questa era stata una grossa novità.

«Siete stati fortunati, quella era una Fiat 508 Balilla, una gran bella automobile!», esclamò una voce maschile dietro di lei. «Può arrivare fino a una velocità di 80 chilometri orari».

La ragazza si girò, alle sue spalle c'era il giovane dottore.

«Che ne dice, signorina, non è stata una gran bella avventura per questi ragazzini?», continuò sorridendole.

Senza poi aspettare alcuna risposta, se ne andò per la sua strada.

Le vicine la scrutarono incuriosite. Era diventata rossa, come se avesse fatto qualcosa di male.

Infatti di lì a poco le donne intorno si scatenarono.

«Come mai il *dutur* si è rivolto a te?»

«Non so mica. L'ho incontrato solo un paio di volte. Mi pare però che gli piacciano i bambini, si è anche specializzato per curarli», rispose lei voltandosi verso una vicina.

«*Poeuretta la so miée, quand la ciaperà*. Chissà quanti figli le farà fare», scoppiò a ridere un'anziana donna, che aveva un banchetto in piazza, e si era allontanata un momento per ascoltare del grande evento appena accaduto.

«Di certo è un originale. Sta facendosi costruire una villa rotonda. *El me omm* si è presentato in cantiere per cercare lavoro come muratore. Ha sentito dagli altri operai che ha chiamato un ingegnere da Milano, con grandi idee per la testa», raccontò una terza donna che era appena arrivata dalla fontana.

«Ma cosa racconti? *Vegn minga chi a incantà i serpent.* Non ci prendere in giro», ribatté la prima.

«No, è vero. Quando sarà finita, andrà ad abitarci con i genitori e il fratello, che ora stanno a Lugano», rispose questa con fare saputo.

«Bah, sarà vero?», ribatté una terza comare, rivolgendosi ancora ad Angela, «Tu ne sai qualcosa?»

«Lei non sa nulla, non lo conosce nemmeno il dottore. Ed è meglio che ora torniamo a casa, invece di stare qui a spettegolare. Datti una mossa, che nostra madre ci aspetta», la incitò con fare severo la sorella maggiore, arrivata in quel momento a cercarla.

Senza dire una parola, presero la strada del ritorno.

Ida era arrabbiata con il medico. Perché aveva rivolto la parola ad Angela senza un motivo valido?

Era una cosa mal fatta, non lo sapeva anche se era forestiero?

In paese ci vuole un niente perché nascano le chiacchiere!

Febbraio 1938

Emilio stava tornando da una visita a una paziente che viveva alla Manera. Era un bel pomeriggio invernale, e non aveva più appuntamenti quel pomeriggio, così decise di tornare a Lomazzo per un viottolo che attraversava i campi.

Aveva così tanti pensieri per la testa. Sua madre lo assillava per le troppe fatture che continuavano ad accumularsi per i lavori alla villa. A volte lui malediva il giorno in cui aveva incontrato l'ingegner Elio Frisia.

Col pensiero ritornò a quella domenica estiva.

Emilio viveva ancora a Milano, si era appena laureato e stava studiando per la specializzazione. Un'amica lo aveva invitato al suo circolo del tennis, dove quella domenica si sarebbe tenuto un torneo. Di solito non lo interessavano questi eventi, ma erano giorni che era chino sui libri. Aveva bisogno di un po' di svago. Inoltre, la ragazza era molto carina. Un'ulteriore motivo per andare.

Arrivò che il set era già iniziato. La ragazza giocava un doppio misto in coppia con un giovane uomo alto e magro dall'aria signorile.

Emilio si avvicinò a un gruppo di amici, e sedutosi con loro, chiese a uno di questi chi fosse l'uomo.

«Mi pare impossibile che tu non lo conosca, è l'ingegnere Elio Frisia. I suo progetti sono tra i più innovativi dell'ultimo decennio. Fa anche parte del comitato di redazione della rivista *Case d'oggi* con

Cesare Chiodi ed Eugenio Faludi ».

«Mi piacerebbe fare la sua conoscenza. Me lo puoi presentare?»

«Volentieri».

L'occasione arrivò presto. Appena finita la partita, i due giocatori si avvicinarono al loro tavolo per dissetarsi. Vennero così fatte le presentazioni. Il medico e l'ingegnere entrarono subito in sintonia. Erano entrambi giovani, attraenti, appassionati dalla loro professione. Ma soprattutto erano convinti che il mondo li stesse aspettando a braccia aperte.

Frisia gli spiegò alcune delle sue idee innovative e razionalistiche per la realizzazione di nuove ville e palazzi che stava realizzando a Milano.

Da quel giorno s'incontrarono molte altre volte, anche perché Emilio aveva un suo progetto da proporgli.

Da tempo sognava di far costruire una prestigiosa villa familiare a Lomazzo, dove aveva intenzione di trasferirsi. Aveva già preso accordi con il medico di zona per una collaborazione.

«Cosa ne pensi, Elio? Te ne vuoi fare carico? Non è Milano, ma è una zona in fase di sviluppo. Ci sono diverse ville centenarie che di sicuro conoscerai».

«Ho già in mente una bozza di idea. Una villa che

sovverta i canoni classici, qualcosa di molto avanguardistico. Penso proprio che ti piacerà. Però accetto a una sola condizione, voglio una completa autonomia progettuale».

Emilio rise, «Accetto. Sono impaziente di vedere i progetti, lasciami solo qualche settimana per convincere la mia famiglia».

Il giovane era riuscito presto a vincere le perplessità dei familiari, convincendoli della fattibilità del suo sogno ambizioso.

Quella casa sarebbe stata così spaziosa che i genitori avrebbero continuato a vivere sotto lo stesso tetto con i figli e le loro spose.

Sarebbe stata una residenza unica del suo genere, sicuramente invidiata da tutti.

A questi argomenti i genitori avevano infine ceduto.

Purtroppo il preventivo stabilito era stato ampiamente superato. C'erano sempre nuovi conti da pagare. Le finiture di pregio, la flessuosa scala elicoidale, le finestre a forma di oblò.

Frisia si era rivelato inflessibile, era impossibile fare economie.

Emilio, come il fratello minore appena laureatosi in chimica, era all'inizio della carriera. Gli occorreva ancora tempo per formarsi una solida clientela. Il maggior peso economico lo dovevano sostenere i genitori con gli introiti del negozio di Lugano.

Il dottore era scoraggiato, non riusciva a trovare strade alternative per aumentare i suoi guadagni e ridurre in parte il peso dei pagamenti dalle loro spalle.

Oppresso da questi pensieri, era arrivato al bivio per prendere la strada verso Lomazzo, quando vide arrivare da Rovellasca una bella ragazza che gli pareva di conoscere.

Anche lei lo aveva notato, ma abbassò subito lo sguardo, rallentando il passo per non incrociare il suo cammino.

Avvicinandosi, la riconobbe come la giovane di cui aveva chiesto informazioni al mercato, e che poi aveva rivisto qualche giorno dopo in piazza.

Seguendo un impulso, il giovane si fermò ad aspettarla.

«Buongiorno, signorina. Bella giornata per una passeggiata».

Che frase stupida, pensò subito. Lei quasi certamente lavorava in qualche laboratorio della zona. Le ragazze della sua classe sociale non si potevano permettere di passeggiare per svago in una giornata feriale.

Inoltre sapeva bene che le nubili non si dovevano fermare a parlare con uno sconosciuto.

Si sentì in colpa, perché diavolo la stava mettendo in imbarazzo? Se non lo salutava, poteva sembrare maleducata. Ma se lo faceva, appariva come una sfacciata.

«Buongiorno, *sciur dutur*», lo sorprese invece lei rispondendogli sottovoce.

Poi fece un mezzo inchino a occhi bassi e scappò via veloce.

Emilio sorrise, la ragazza ne era uscita bene. Lo aveva intrigato quella sua innocente malizia.

Ora che sapeva quale strada faceva per tornare a casa, pensò che gli sarebbe piaciuto approfondire la conoscenza.

O meglio ancora, avrebbe lasciato fare al caso. Decise che non l'avrebbe cercata apposta, ma se l'avesse incontrata, l'avrebbe fermata.

Dopotutto era appena arrivato, era suo dovere fare amicizia con la gente del posto.

Ci si sveglia una mattina in apparenza uguale a tante altre.

Ci si alza, si va al lavoro.

Non sappiamo ancora che quel giorno il destino ci aspetta dietro l'angolo pronto a buttare a gambe all'aria la nostra intera esistenza.

La causa scatenante può essere una variante insolita o un minimo accidente.

In questo caso fu un gesto gentile e l'entrata in scena di un nuovo attore.

Emilio osservò Angela arrivare di corsa per i campi.

Dopo quel primo incontro ne erano seguiti tanti altri. Piano piano il dottore era riuscito a vincere la sua ritrosia e l'aveva convinta a fermarsi per scambiare quattro chiacchiere.

Discorrevano di argomenti banali: il tempo, pettegolezzi sui compaesani, o dell'impiego di lei come ricamatrice. Lui le raccontava del suo lavoro e della villa che stava facendo costruire.

Lei era incuriosita da questa casa rotonda, non ci poteva credere che sarebbe stata di quella forma insolita. Rideva come una bambina quando tentava di immaginare come sarebbero stati gli angoli della casa e la relativa mobilia.

La sua risata era come un sorso di acqua fresca in

una giornata afosa. Era talmente contagiosa, che faceva venir voglia di ridere anche a lui.

Dopotutto non facevano nulla di male, pensava Angela dopo quegli appuntamenti casuali.

La sua coscienza le sussurrava tutt'altro.

Lui era lusingato di vederla così felice di incontrarlo, sempre con un sorriso negli occhi e sulle labbra, senza più soggezione.

Anche quel giorno non fu diverso dagli altri.

Mentre discorrevano, il medico cavò fuori dalla tasca dei pantaloni un coltellino e recise una rosellina bianca sbocciata prima del tempo da un cespuglio lì vicino. L'idea era di appuntarsela sul bavero della giacca, d'impulso invece gliela offrì.

Angela si confuse di quel suo gesto. Lo fissò muta, poi abbassò lo sguardo sul bocciolo. Non sapeva come reagire, nessuno le aveva mai donato un fiore.

«È solo un fiore di campo», disse lui sorridendo. Lei tese la mano esitante e lo prese con due dita. Fissò a lungo il fiorellino, poi lo guardò seria.

«Grazie», sussurrò.

Lui le rispose ridendo, «Per così poco?»

La giovane non ebbe modo di replicare, alle loro spalle era arrivato don Attilio, il curato del paese.

«Angela, che fai? Ti aspettano a casa», la rimbrottò gentilmente.

Lei salutò arrossendo e scappò via di corsa.

«Buongiorno, *sciur dutur*. Bella giornata per una passeggiata in mezzo ai campi. Scusate se mi permetto, ma non dovreste fermarvi a parlare con una ragazza ancora da maritare. La gente fa presto a malignare».

«Non facevamo nulla di male. So stare al mio posto», rispose lui piccato dall'osservazione.

«Lo spero. Angela è una brava *tosa*, ma è ingenua e si lascia abbindolare facilmente. Non vorrei che fraintendesse. Inoltre non è della vostra condizione sociale, è un'operaia. Cosa penserebbero i vostri genitori?»

«Cosa si mette in mente, padre?», rispose il giovane sempre più irritato.

«Nulla, non si scaldi», sorrise il prete. «Ma si ricordi sempre che Angela è una giovane dabbene, e in paese si fa presto a crearsi una cattiva reputazione. La saluto».

Detto questo, se ne andò.

Emilio rimase un bel pezzo fermo sul quel viottolo. Lo avevano offeso le parole del parroco. Non c'era nulla di male nella loro conoscenza, chiacchieravano soltanto.

O forse no?

Ripensò a quel visetto così serio che in sua compagnia s'illuminava. Forse era vero che lei stava iniziando a provare qualcosa per lui.

E lui per lei?

Angela era spesso presente nei suoi pensieri. A volte si distraeva nel ricordo di un suo gesto. Controllava l'orologio per uscire puntuale e incrociarla mentre tornava a casa dal lavoro.

Che andava a rimuginare?

Il sacerdote aveva ragione, era figlia di contadini.

Cosa avrebbe pensato sua madre?

I suoi genitori avevano fatto tanti sacrifici per farlo studiare medicina.

Non poteva mica deluderli. Buttare via tutto per un'operaia. E poi lui aveva dei progetti ambiziosi. Un paio di specializzazioni, una bella villa padronale, una moglie ricca e con i giusti contatti.

Che stupidaggini si era messo in testa quel prete della malora!

Eppure non riusciva a dimenticare gli occhi di Angela e il suo dolce sorriso.

Basta di questi pensieri!

Lo aspettavano una bottiglia di buon vino e una

partita a carte con gli amici al circolo. Tutte quelle fantasie da donnette sarebbero svanite in loro compagnia.

Angela entrò di corsa in cucina e si gettò su una sedia.

«Perché sei in ritardo? Hai il fiato grosso e le guance arrossate», le chiese Ida, impegnata a preparare la cena.

«Ho incontrato don Attilio sulla strada nei campi. Mi ha sgridata come se fossi una bambina colta con le mani nel barattolo dello zucchero», rispose Angela arrabbiata.

«Perché l'avrebbe fatto?», le chiese curiosa la sorella girandosi a guardarla. Il parroco di solito era così gentile con tutti.

«Ho incontrato il *giovan dutur*, ci siamo messi a chiacchierare. Così, senza malizia. Lui è arrivato in quel momento e mi ha mandata a casa vergognosa, come se avessi fatto un gran peccato. Ma non stavamo facendo niente, solo parlando».

«Ha fatto bene, non ci si ferma in mezzo alla strada a conversare con i giovanotti».

Angela sbuffò offesa, «Lo so benissimo. Siamo solo

amici».

«Amici?», rispose la maggiore ridendo, «Non esiste amicizia tra uomini e donne, tanto più se queste sono ancora da maritare. Poi quello è uno *slandrón*, un donnaiolo. Lo sanno tutti».

Angela le voltò le spalle e andò a prendere un bicchiere d'acqua per rinfrescarsi.

Ida era preoccupata, aveva ragione il parroco. Sua sorella non doveva più incontrarlo così da sola. Temeva che Angela perdesse la testa per quello là. Ogni tanto l'aveva vista davanti al muricciolo fissare la strada. Ora ne comprendeva il motivo: era in attesa del suo passaggio mentre *quello* andava in studio.

Si era già accorta di quanto lui fosse gentile nei confronti della sorella minore, qualcosa aveva iniziato a indovinare. La gente avrebbe potuto vederli insieme e iniziare a sparlare. Non ci voleva nulla a rovinare una reputazione.

I loro genitori stavano facendo dei progetti su di lei, avevano cominciato a parlarne anche con il mezzano.

Ormai era tempo che lei si accasasse.

Angela sembrò aver intuito i pensieri della sorella, perché sussurrò a mezza voce, «Non voglio fare la tua fine e sposare un uomo del paese scovato da *Sett 'e mezz*. Che male c'è se penso a uno come il dottore?»

Ida fissò la sorella e si accorse della rosellina che Angela stringeva tra le dita.

«Chi ti ha dato quel fiore?», le domandò, anche se immaginava la risposta. La ragazza la nascose dietro la schiena.

«Non voglio litigare con te. Lasciami in pace, per favore», la supplicò per poi scappare al piano di sopra.

Ida per un attimo pensò di raggiungerla e farla ragionare, ma poi ci rinunciò. Sarebbe tornata sull'argomento in un momento migliore, quando la sorella fosse stata più calma

Magari quel malnàat avesse trovato qualcun'altra ingenua da abbindolare, così avrebbe lasciato perdere sua sorella, pensò sospirando rimettendosi a cucinare.

Qualche giorno dopo Ida tirò fuori l'argomento con i genitori.

«È da un po' che non vedo *Sett 'e mezz*. Ha qualche novità per lei?», indicando con la testa la sorella minore, seduta al tavolo a pelare le patate.

«Perché t'interessa?», le rispose sospettosa la madre.

«Ormai dovrebbe essere sposata da un bel pezzo. Le malelingue sussurrano che nessuna la vuole sposare. La bellezza dell'asino dura poco, e lei non può più permettersi di essere così difficile».

«*Tas malalingua*, non sono fatti che ti riguardano. Decideremo noi chi andrà bene per lei», la rimbrottò il padre, quando sentì queste sue chiacchiere.

Guai a toccargli la figlia preferita.

Angela li guardava muta. Si sentiva tradita dalle chiacchiere malevole della sorella. Negli ultimi tempi litigavano per un nonnulla.

La minore le gettava in faccia che era contenta che lei vivesse a Milano, così non si sarebbe impicciata dei suoi affari. La tacciava d'invidia, perché il *su' omm* non le voleva bene. L'aveva sentita lamentarsi con la madre che, quando lui era bevuto o nervoso, gli partiva una sberla, senza nemmeno un perché.

Ida a queste parole s'infuriava, perché Angela purtroppo ci aveva indovinato. Ormai lei cercava ogni scusa per tornare al paese, e forse anche il marito era contento di non averla tra i piedi.

Non era stato un buon matrimonio il loro, ormai se ne era fatta una ragione.

Ma la sorella aveva ancora un futuro davanti a sé, mentre lei era ormai legata a quell'uomo che temeva. Per questo tentava di farla ragionare.

Dopo un po' Angela si pentiva di quelle sue accuse.

Cercava di riappacificarsi con la sorella anche per portarla dalla sua parte, senza però riuscirci.

Per questo si stavano allontanando sempre di più una dall'altra, loro che erano state così unite nell'infanzia. Ne erano consapevoli, e questo aumentava la loro amarezza.

Ombretta

Settembre 2017

C'era stata realmente una storia tra Angela ed Emilio? Oppure è solo una mia romantica fantasia? Tanti indizi, nessuna certezza. Avrei bisogno almeno di una prova concreta.

Forse avrei potuto trovarla nella *Cronistoria* tenuta da don Attilio Pedroncelli. I suoi diari descrivevano la vita pubblica del centro e dei suoi abitanti dal 1921 fino all'anno della sua morte, nel 1952. Magari c'è qualche accenno alle vicende dei miei due amanti tra le sue righe.

Avevo già scritto tempo fa al parroco della Manera con la richiesta di poterli consultare, ma aveva rifiutato.

Purtroppo non posso acconsentire alla sua richiesta essendo il "Cronicum" riservato a motivo delle osservazioni personali che don Pedroncelli vi appuntava circa la vita della parrocchia e dei parrocchiani, molti ancora in vita.

Non mi sono arresa. Gli ho scritto di nuovo spiegandogli che avrei consultato solo gli anni inerenti alla mia ricerca, ma non ha voluto ancora sentire ragioni. Alla fine, dopo molte insistenze, si è arreso almeno in parte. Acconsentirà solo se avrà l'approvazione dall'Arcivescovado di Como.

Dopo tre mesi di attesa, è finalmente arrivata l'autorizzazione. Potrò consultarli alla presenza del parroco e dell'archivista. Ho così subito preso appuntamento, e oggi finalmente potrò leggerli.

Arrivo alla stazione della Manera con largo anticipo.

Non m'importa, faccio un giro del paese e visito la chiesa.

Mi siedo all'interno, si respira un senso di pace. Offro una preghiera alla statua della Madonna per Angela e per me, ne abbiamo entrambe bisogno.

È arrivato il momento tanto atteso, mi stanno aspettando in un'aula della canonica.

Ci sediamo a un lungo tavolo. Il parroco di fronte a me, l'archivista al mio fianco. Davanti ha dei grossi volumi, la mano appoggiata sopra in segno di possesso.

«Ho fatto io la ricerca per lei, non c'è nessun accenno ad Angela o Emilio. Solo una riga riguardo a un gabinetto medico che il dottore ha aperto con un collega alla Masera. Don Attilio scriveva solo delle vicende pubbliche del paese, non di quelle private dei suoi parrocchiani.».

«Posso dare un'occhiata?»

«No», rispondono entrambi categorici.

Tento altri approcci, ma senza successo. Non erano questi i patti con l'Arcivescovado.

Non so bene perché, ma questa volta non combatto. Mi è calata addosso una cappa di cupa rassegnazione.

Forse hanno ragione loro, per quale motivo don Attilio avrebbe dovuto scrivere delle vicende personali di Angela? Un'altra porta chiusa.

«Perché non domanda di lei ai suoi cugini ancora in vita?», mi chiede il parroco notando il mio sconforto.

«Ho già intervistato il signor Pasquale».

«Io intendevo l'altro, il fratello più anziano, Giuseppe».

«Non sapevo che ce ne fosse un altro. Non me ne avevano parlato», rispondo sbalordita, «Ma quanto si ricorderà?»

«È molto lucido per la sua età. Come sa, i suoi genitori non erano abbienti, ma lui è riuscito lo stesso a prendere il diploma di maestro. È un uomo molto istruito, con una grande passione: essere un cronista fedele della storia del suo paese».

Mi alzo per accomiatarmi con questa nuova pista in mente, quando il parroco mi ferma consegnandomi un pacchetto.

Quasi come per fare ammenda di questo consenso negato all'ultimo minuto, mi vuole regalare il famoso volumetto sulla storia della Manera.

Una magra consolazione, ma meglio di niente. Ringrazio e me ne vado.

Manca ancora tempo all'arrivo del mio treno. Vado così al cimitero dove è sepolta Angela.

Come al solito, la tomba è in perfetto ordine con dei mazzi di fiori freschi.

Chi è la mano gentile che se ne occupa?

Luigi aveva tentato invano di scoprire chi fosse l'anonimo visitatore della sua tomba, e anch'io avevo fatto dei tentativi chiamando i fioristi di zona. Nessuno ne sapeva niente.

Alla fine ho desistito.

Quello che posso fare è mandare un muto ringraziamento a questa persona.

Qualcuno una volta mi disse che un atto gentile è una preghiera per te in cielo.

Angela

Marzo 1938

Una domenica come tante altre, la Messa era appena terminata.

Le donne si affrettavano per preparare il pranzo domenicale. I bambini giocavano sul sagrato, mentre gli uomini andavano all'osteria per il solito bianchino. Si sarebbero poi ritrovati lì nel pomeriggio per una partita a scopa e le ultime notizie locali.

Sett 'e Mezz sapeva che Serafino non era uso frequentare la mescita, preferiva stare a casa con le sue donne.

Aveva una proposta da fargli, così lo bloccò sulle scale della chiesa mentre con la moglie stavano scambiando quattro parole con don Attilio.

«Vi trovo a casa vostra oggi dopo il desinare?», chiese il sensale senza perdere tempo, «Vorrei proporvi un certo affare che riguarda la vostra Angela».

«Di che si tratta?», rispose Clementina, «Se si tratta di nostra figlia, dovete parlare anche con me».

«C'è un giovanotto che è interessato a lei. Vorrebbe la vostra benedizione per corteggiarla».

«Vi aspetto subito dopo pranzo. La ragazza va da

un'amica, meglio parlarne prima tra di noi. Vi saluto», rispose il padre, dirigendosi poi a casa con la moglie.

Sett 'e Mezz arrivò puntuale all'appuntamento. I tre si sedettero al tavolo con un bicchiere di vino davanti, pronti alla contrattazione.

«È un giovane dabbene di Rescaldina. I suoi genitori sono contadini e le terre che coltivano sono loro. Lui però ha l'ambizione di aprire un laboratorio di falegnameria, è bravo con le mani».

«Ha saputo della ricca dote di nostra figlia, per questo se la vuole sposare?», ribatté aspra Clementina, sospettando una fregatura.

«Forse in parte, ma non è il motivo principale. L'ha vista una volta che è venuto in paese a trovare dei parenti. Le è piaciuta subito. L'ha colpito il suo atteggiamento modesto, che non dà confidenza agli estranei».

«Abbiamo tirato su bene le nostre figlie», rispose compiaciuta la donna.

«Cosa porta lui?», andò diritto al punto il padre.

«La famiglia gli avvia la bottega, e in più gli paga l'affitto per un paio di trimestri di un appartamento al piano di sopra».

I genitori si scambiarono uno sguardo compiaciuto.

Serafino chiuse la trattativa, «Mi sembra equo. Per noi va bene. Parleremo poi dei dettagli».

Non c'era bisogno di tante parole tra di loro. Erano fatti della stessa pasta, s'intendevano subito.

«Devo però sentire anche che cosa ne pensa Angela. Dopotutto è lei che se lo deve sposare. Fra un paio di giorni vi darò la sua risposta».

«È giusto. Alla vostra salute».

Dopo il brindisi, il sensale partì di fretta verso un'altra casa e un diverso affare.

Angela ed Emilio avevano continuato a vedersi, però con più malizia. Non volevano rinunciare a quei pochi minuti in reciproca compagnia.

Si davano appuntamento dietro a un'edicola dedicata alla Madonna. La sua ombra li avrebbe protetti.

Era una chiesetta solitaria, visitata solo a maggio per le Novene. Lì potevano conversare tranquilli, nascosti alle chiacchiere moleste della gente.

Compiaciuto dalla curiosità della giovane per la sua villa, le propose di andare a visitare il cantiere. All'inizio Angela tentennò un po', temeva che qualcuno li potesse vedere. Avrebbe fatto scatenare le malelingue, se fosse stata scoperta lì da sola con un uomo.

Ma l'insistenza del dottore e la sua curiosità, alla fine ebbero la meglio sulle sue paure. Si fece coraggio e acconsentì per la domenica seguente.

Una casa di forma circolare. Nessuno in paese ne aveva mai vista una uguale. Il suo vicino, che lavorava lì come muratore, aveva raccontato che non aveva spigoli o angoli.

Intorno c'era un piccolo parco privato. Come poteva non esserne attratta?

Trovò così una scusa per uscire di casa quella domenica pomeriggio. Raccontò ai suoi genitori che doveva andare da una sua amica per aiutarla con un ricamo. Questa le resse il gioco, pensando che dovesse incontrare un innamorato. Probabilmente sospettava qualche giovane del paese.

Angela arrivò trafelata alla villa, il cancello era già aperto.

Emilio la stava aspettando, aveva aperto porte e finestre del pianterreno per illuminare le stanze.

«Sei arrivata», esclamò felice. Non era del tutto sicuro che lei avrebbe trovato il coraggio di presentarsi.

La prese per mano. Era la prima volta che lo faceva.

Il cuore le martellava forte nel petto. Per fortuna lui non se ne rese conto, tutto preso a illustrarle il progetto.

Entrarono all'interno della casa. Era in ombra, ancora invasa dai calcinacci.

L'attenzione di lei venne catturata subito da una scala che si srotolava come un sinuoso serpente. Ne fu sbalordita, non aveva mai visto prima una cosa del genere.

«È ancora un cantiere, devi usare la fantasia».

Il medico la condusse alle finestre del piano terra che si aprivano sul giardino, e le indicò un piccolo edificio separato.

«Là sarà il mio gabinetto medico, darà direttamente sul prato. Voglio vedere gli alberi mentre lavoro. Là metterò tavoli e sedie per stare al fresco in estate, mentre i bambini potranno giocare tranquilli», le indicò un angolo ombroso.

Al centro della sala c'era un tavolaccio con sopra delle carte planimetriche. Gliele mostrò, spiegando intanto la disposizione futura delle stanze. Lei non le capiva, rideva, si schermiva.

Lui pazientemente ricominciava da capo. Alla fine Angela immaginò la casa finita attraverso gli occhi di lui. E si vide lì come sua moglie.

Comprese in quel momento di essersi innamorata di Emilio. Così sicuro di sé, istruito, paziente. Tanto differente dagli altri uomini del paese

L'unico che le desse retta veramente quando lei gli raccontava qualcosa.

Le mostrava un mondo di cui non aveva conoscenza, e le spiegava come funzionava.

La intenerivano i suoi occhi così gentili e le grandi mani morbide e curate.

Inoltre stava facendo costruire una villa rotonda. Nessuna delle sue conoscenze avrebbe mai osato pensare ad un progetto così visionario. Un uomo del genere poteva essere anche così pazzo da sposare una come lei?

Questo pensiero la fece vergognare della sua fantasia.

Non poteva stare più lì, era imbarazzata per quei suoi pensieri. Voleva ritornare alla sua quotidianità, fatta di piccoli gesti che conosceva.

«Devo andare, mi aspettano a casa».

«Ma perché, devo farti vedere anche le altre stanze».

«Non posso proprio, mi scusi. Ho fatto già tardi». Scappò via, lasciandolo confuso con i disegni tra le mani.

Cosa avrebbe pensato di lei se avesse capito quali idee balzane le passavano per la mente?

Angela cercò di entrare in casa senza farsi notare, voleva stare da sola per calmarsi e riflettere su ciò che era successo.

Invece trovò i genitori in cucina seduti al tavolo che l'aspettavano.

Qualcuno forse l'aveva vista entrare alla villa in compagnia del dottore, e aveva fatto la spia?

«Siediti. Ti dobbiamo parlare».

Ubbidì. Si sentiva mancare. Era sicura che avessero scoperto il suo segreto. Come l'avrebbero presa?

Sapeva che non era cosa ben fatta incontrare un uomo di nascosto.

A quei tempi le ragazze nubili incontravano i giovani in cerca di una moglie nella piazza, dove c'era la fontana pubblica che forniva l'acqua a tutte le famiglie della Manera.

Gli scapoli si ritrovavano lì per vederle passare. Sceglievano la fanciulla e, ricevuto il consenso dei genitori, iniziavano a corteggiarla.

Ad Angela non era mai piaciuta questa usanza, le sembrava di essere una vacca al mercato.

Il padre le stava dicendo qualcosa, ma lei non ascoltava, persa nella sua ricerca di giustificazioni.

Si riscosse quando lo sentì pronunciare il nome del sensale.

«Ha un moroso da proporti, uno di Rescaldina. Ti ha visto alla fontana».

Di chi parlava?

Poi, all'improvviso, le venne in mente un giovanotto che aveva visto in compagnia di un suo paesano.

Un ragazzo grande e grosso, con mani e piedi enormi. Adesso che ci rifletteva meglio, lo aveva notato lanciarle delle occhiate interessante, ma non ci aveva fatto più di tanto caso.

La madre prese a decantarglielo, «*Sett 'e Mezz* sostiene che è un buon partito per te. Difficile trovare di meglio».

Voleva vedere sposata sua figlia al più presto. Ida le aveva raccontato di alcune voci che stavano girando in paese. Inoltre una sua amica le aveva detto di avere visto la figlia minore in compagnia del dottore.

Era sicura che fossero solo chiacchiere senza fondamento, ma era meglio stroncare tutto sul nascere con un buon fidanzamento. Dopo il matrimonio, si sarebbero trasferiti al paese di lui, e le chiacchiere sarebbe state dimenticate.

Lontano dal cuore, lontano dalla mente.

«Allora, che ne pensi? Combiniamo un incontro per farvi conoscere?», le disse il padre, preoccupato dal suo silenzio.

«Non ci penso ancora a sposarmi. C'è tempo», rispose ridendo Angela.

«L'ho notato alla fontana e non mi piace granché. Aspettiamo, magari può arrivare un'occasione migliore».

A queste parole, la madre strillò.

«Come è diventata vanitosa questa mia figlia. Vuole maritarsi con un signorone, magari uno di città. Cosa ti credi, che i mariti si trovano sugli alberi? *Sett 'e Mezz* si è dato un gran da fare per trovarti un buon partito. Non ti permetterò di buttare al vento questa occasione».

«Voi non parlate? Obbligatela ad accettare», strillò al marito silenzioso.

«Come ha scelto Ida, deve anche lei dire la sua opinione. Angela, non ci vuoi nemmeno riflettere qualche giorno?»

Cosa aveva da pensare, lei sapeva bene con chi voleva sposarsi. Ma non era ancora tempo di rivelare il suo segreto ai genitori.

«Preferisco aspettare, se per voi va bene».

«Comunicherò la tua risposta a *Sett 'e Mezz*».

«Vi ringrazio», rispose Angela.

Era riuscita a scamparla, pensò mentre correva in camera a pensare al suo innamorato.

Forse se non avesse conosciuto Emilio, non avrebbe rifiutato quella proposta.

Ma dopo quel giorno alla villa, come poteva pensare di sposare qualcun altro?

Era turbata. Magari lui non pensava affatto a lei.

Con che faccia lo avrebbe rivisto?

Era meglio evitarlo per un po' di tempo, almeno fino a che l'imbarazzo non si fosse attenuato.

Emilio era offeso dalla fuga improvvisa di Angela dalla villa.

Non gli pareva di avere detto o fatto nulla di male. Qualcosa però doveva essere successo.

Volle andare a fondo della questione.

Per qualche giorno l'attese invano al loro solito posto, ma lei non si presentò.

Decise così di aspettarla al Martinetta.

Si recò lì con qualche minuto di anticipo, nascondendosi dietro la rientranza di un muro. Non voleva farsi scorgere dalle altre operaie, ma nemmeno non vederla. Nell'attesa si accese una sigaretta.

Come si era ridotto, si commiserò, nascondersi così per una ragazza che non era nemmeno del suo ceto sociale. Non lo aveva fatto mai per nessuna donna. Si sentiva così stupido, come un adolescente ai primi amori.

Però gli mancavano quei loro appuntamenti quotidiani alla chiesetta. Era la sua ora d'aria dagli assilli quotidiani.

Intanto le prime operaie stavano uscendo. Gettò via il mozzicone e si fece più attento.

Angela fu l'ultima a venire fuori dal portone. Era in compagnia di Rosetta. Stavano ridendo tra di loro. Si sentì offeso. Appariva così tranquilla, mentre lui era passione e rabbia.

S'incamminò veloce verso di lei. Salutò entrambe distrattamente, come se fosse passato per caso.

«Come siete di buon umore oggi. Che è successo di così bello da farvi ridere?», domandò ad entrambe, ma i suoi occhi erano fissi su Angela.

Questa arrossì. Per fortuna Rosetta, ignara di tutto, rispose per entrambe.

«Nulla, *sciur dutur*. Si scherzava tra di noi. È così una bella giornata».

«A proposito, le scrivo una ricetta per il suo nipotino. Si può fermare per qualche minuto?», domandò rivolgendosi ad Angela, come se quell'idea fosse nata per caso.

«Non sta bene il *fiulet* di Ida? Non mi avevi detto nulla!», chiese Rosetta rivolta all'amica.

«Niente di grave, è solo uno sciroppo, ideale per i bambini che sono deboli di petto. Me ne ha parlato un collega, e ho pensato al suo nipotino», replicò Emilio, questa volta rivolgendosi all'amica.

«Che pensiero gentile. Allora vado, la mamma mi sgrida se faccio tardi. A domani».

Emilio non perse tempo. Afferrò la giovane per un polso e la trascinò in una stalla.

«Perché sei scappata?»

«Non è stato nulla. Era tardi, dovevo ritornare a casa».

Lei non era capace di mentire, guardava timida verso terra. Lui rimase in silenzio per qualche secondo. Quanto era carina con il viso arrossato e gli occhi abbassati. Ebbe una rivelazione, lei si era innamorata di lui. Questo pensiero lo esaltò, e trasportato dai sentimenti di lei, senza pensarci per più di un momento, le prese le mani e si dichiarò, «Occupi i miei pensieri in ogni momento della giornata. Non mangio più, vedo poca gente, passeggio per i campi solo nella speranza di incontrarti. Oggi ho fatto una pazzia a venirti a cercare dove lavori. Mi hai stregato il cuore e la mente. Almeno tu mi vuoi un po' di bene?»

Lei rimase in silenzio per qualche secondo. Non aveva coraggio di dar voce ai suoi sentimenti. Poi fece solo un timido cenno d'assenso con la testa.

A lui non bastò.

«Angela, ho bisogno di sapere cosa provi per me».

«Le voglio bene anch'io».

Non riusciva a credere a quello che Emilio le stava dicendo.

Quante notti aveva sognato nel suo letto quel momento. Il suo sogno impossibile si stava trasformando in realtà.

Lui avvicinò le sue labbra a quelle di lei e le baciò lievemente.

Il suo primo bacio. Ne seguirono altri ben più appassionati.

Era peccato prima del matrimonio, ma avrebbe voluto che lui continuasse a baciarla per sempre. Il cuore le batteva forte, mentre lacrime di gioia le bagnavano le guance arrossate. Non era possibile provare così tanta felicità.

«Dottore, sono così felice».

Lui si mise a ridere, «Non sarebbe ora che mi chiamassi Emilio e mi dessi del tu? Voglio sentire il mio nome sulla tua bocca».

Le girava la testa nel sentirgli pronunciare quelle parole.

Fece un grosso respiro per farsi coraggio, e buttò fuori, «Emilio ti amo così tanto, ma come faremo? Le nostre famiglie cosa penseranno?»

«All'inferno! Li affronteremo quando verrà il momento, e dovranno inchinarsi al nostro amore. Ora però non ci pensiamo. Siamo solo io e te».

La strinse tra le braccia, seduti su una balla di fieno, nascosti da occhi indiscreti, per discorrere del loro amore.

Ogni tanto lui smetteva di parlare per baciarle la bocca, gli occhi, le mani.

Angela era così felice. Con lui al suo fianco era convinta che tutto sarebbe stato possibile.

Dopo un ultimo bacio, ognuno tornò alla propria vita.

Mai pomeriggio fu così breve.

Angela arrivò a casa come instupidita, continuava a

rivivere nella sua mente quelle poche ore con Emilio.

Inventò con i genitori un malanno per ritirarsi presto.

Voleva stare sola per sognare il futuro come sua sposa. Una casa da accudire, i figli che sarebbero arrivati, invecchiare serenamente al suo fianco. Cosa poteva desiderare di più?

Alla fine si addormentò, stringendo tra le braccia il cuscino. Sognò per tutta la notte Emilio e i suoi baci, le carezze.

Si risvegliò felice all'alba al canto del gallo, ancora immersa nel tepore delle sue fantasticherie. Ma il mattino la riportò alla realtà e la paura la strinse nella sua morsa.

Emilio era di una classe sociale diversa, inoltre era nato oltre confine. Due grandi obbiezioni agli occhi della sua famiglia.

Quella di lui poi cosa avrebbe detto? Non sarebbe stata certo contenta che il figlio sposasse un'operaia. Però lei portava una bella dote, avrebbe potuto aiutarlo con i debiti.

Le erano arrivate alcune voci sulle troppe spese fatte per la villa.

Sentiva il bisogno di confidarsi con qualcuno. Di sicuro non con sua sorella, sapeva già cosa pensava di lui. Tanto meno con i genitori o la nonna, non avrebbero mai capito.

Non poteva rivelarlo alle amiche, c'era il rischio che poi avrebbero spettegolato per tutto il paese. L'unica di cui si fidasse era Rosetta, ma era troppo giovane per poterla consigliare.

Avrebbe chiesto aiuto a don Attilio.

Il segreto del confessionale non poteva essere violato, anche se lui fosse stato in disaccordo con lei.

«*In nomine Patris et Filii et Spiritus Sancti.* Dimmi figliola».

«Beneditemi, padre, perché ho peccato».

«In che modo? Hai fatto atti o pensieri impuri?»

«Un uomo è sempre presente nei miei pensieri. Quando lo vedo, lo incontro o sto in sua compagnia, sono felice come non lo sono mai stata in vita mia. E questo deve essere per forza peccato, non è possibile sentirsi così».

«L'uomo di cui parliamo è il dottore?»

« Ci siamo rivisti altre volte per chiacchierare. Con lui mi sento libera di essere me stessa, gli racconto cose di me che non potrei rivelare mai alla mia famiglia. Non mi sento giudicata, o in colpa per quello che faccio».

«Non fate nulla contrario ai Comandamenti?»

«Glielo giuro, padre. Non sarò istruita, ma so cosa è bene e cosa è male. E quelle cose lì si fanno solo dopo che si è sposati».

«Ti ha mai fatto qualche proposta impura?»

«No, mai».

«Sai che non è possibile un vostro matrimonio? La sua famiglia non darà mai il permesso. C'è troppa disparità sociale, non c'è bisogno che te lo ricordi».

«Però non sarebbe la prima volta che due persone di classi diverse contraggono matrimonio».

«Che dici? Devi stare attenta, evita di incontrarlo. Lui è un uomo, potrebbe sbagliare, chiederti di fare qualcosa di peccaminoso. Sta a te essere più forte, mantenere intatta la tua Virtù».

«Ma gli voglio bene. Perché dovrebbe essere peccato?»

«Angela, ricordati sempre quello che insegna la Santa Chiesa. Sii ferma nei tuoi propositi, non farti tentare dal diavolo».

«...».

«Sei una buona figliola. I tuoi genitori ti hanno educato bene, in seno alla Santa Madre Chiesa. So che ti comporterai come si deve, così non procurerai dolore alla tua famiglia. Prega la Madonna, perché ti aiuti in questo momento difficile. Seguirai i miei consigli?»

«Ho fiducia in lei».

Ma la vita è mia, pensò ribelle Angela.

«*Ego te absolvo a peccatis tuis in nomine Patris, et Filii, et Spiritus Sancti. Amen.* Vai in pace nel nome del Signore».

«Mi piacerebbe passare un'intera giornata con te da qualche parte», affermò all'improvviso Emilio voltandosi verso Angela, seduta di fianco a lui su una panca nella cappella dove si incontravano di nascosto ogni giorno.

Lei scoppiò a ridere, «È un bel sogno, ma impossibile».

«Perché mai? Potremmo andare da qualche parte lontano da occhi indiscreti. Magari a Milano. Ti piacerebbe visitarla? È bellissima, vorrei mostrartela».

Angela si alzò spaventata. «Ti ripeto che non si può fare. Che scusa trovo con i miei genitori? Mia sorella vive lì. Che cosa faccio se per caso la incontriamo?»

«Molto improbabile. È facile rimanere anonimi in una città tanto grande. Qualche scusa ci verrà in mente per i tuoi parenti. Vedrai che nessuno lo verrà a sapere».

Angela era ancora dubbiosa, ma già sognava di scoprire cosa c'era al di fuori dal suo paese. Per un'intera giornata essere libera di passeggiare insieme al suo Emilio. Lui si accorse che stava cedendo, e alla fine riuscì a strapparle un sì.

Dopo qualche giorno arrivò l'occasione. La giovane stava uscendo dalla fabbrica in compagnia di un'amica, quando quest'ultima le confidò che quella domenica sarebbe andata a trovare una zia malata a Rovello. Doveva approfittare di questa opportunità. Avrebbe chiesto ai genitori il permesso per accompagnarla, invece poi sarebbe andata a Milano con Emilio. Ma prima doveva inventare una scusa per prendere il treno insieme alla compagna.

«Vai da sola a trovare la tua parente?», le chiese Angela.

«Sì, vado in treno. Poi dalla stazione la casa è vicina. Perché t'interessa?»

«Dovrei andare a Saronno, ma non mi va di fare il viaggio da sola. Va bene se vengo con te per un tratto?», le chiese.

«Mi fa piacere. Possono esserci dei malintenzionati in viaggio, è sempre meglio essere in due. Ma cosa ci vai a fare?»

«Te lo dico, ma *cito*, non dirlo a nessuno. Mi hanno offerto un nuovo impiego come sarta per un negozio di abiti eleganti da donna. Voglio sentire le condizioni prima di parlarne con la mia famiglia».

«Fai bene. Per il ritorno come fai?»

«Non preoccuparti. Mi arrangio da sola. Ora vado, i miei mi aspettano».

Aveva fretta di correre all'appuntamento con Emilio per raccontargli la novità. Chissà come sarebbe stato contento.

Arrivò finalmente il giorno della loro gita. Le due amiche s'incontrarono di prima mattina in stazione. Erano eccitate, anche se per ragioni diverse. Era un'evasione dalla vita monotona di tutti i giorni. Per l'occasione Angela aveva indossato il suo abito più bello. Lo aveva cucito lei stessa, con una pezza di cotonina che la nonna le aveva regalato.

Salirono ridendo sul treno. La ragazza vide arrivare trafelato Emilio. Questi le fece un gesto con la mano mentre saliva su un altro vagone.

Angela continuò nervosa a parlare, fino a che la compagna scese a Rovello.

Emilio la raggiunse appena il treno ripartì. Il vagone era quasi vuoto, le strinse di nascosto la mano. Era difficile che ci fosse ancora qualcuno a bordo che li conoscesse.

Finalmente arrivarono a Milano.

Appena usciti dalla stazione, Angela si bloccò.

Enormi palazzi circondavano la piazza, mentre tram sfrecciavano in tutte le direzioni. La testa le girava per l'intenso traffico. Uomini e donne sconosciuti camminavano sfiorandola indifferenti. Abituata a salutare i compaesani che conosceva fin dalla nascita, le sembrava strano camminare straniera in mezzo a loro.

L'uomo l'osservava sorridendo, beandosi della sua ignoranza del mondo, perché glielo avrebbe mostrato lui.

Prendendola per un braccio, si incamminarono a piedi verso il centro.

Angela si bloccò di nuovo davanti al castello Sforzesco.

«È imponente, vero?», le chiese Emilio, «La sua costruzione è iniziata nel 1360 su commissione della famiglia Visconti, all'epoca Signori della città…».

L'uomo continuava a spiegare, ma lei quasi non ascoltava cosa le stesse raccontando. Era spaventata davanti a tanta maestosità, comprendeva solo che era stato un luogo di violenza e dolore.

Alla fine anche Emilio capì che lei non stava seguendo le sue spiegazioni.

Passeggiarono per le vie signorili fino ad arrivare nel cuore della città. I negozi sfilavano con le loro vetrine eleganti e i begli abiti esposti, davanti ad Angela che ammirava incantata.

«Come sono belli!», continuava ad esclamare, osservando i ricami che ogni giorno anche lei realizzava, e che ora vedeva esposti in queste preziose cornici.

Preferisce le vetrine alle meraviglie architettoniche che vorrei mostrarle, osservava deluso il medico tra sé. Così si guardò intorno, vagamente annoiato della passeggiata. Si accorse allora delle occhiate che le signore ben vestite lanciavano prima a lei, poi a lui, come al solito molto elegante. *Cosa ci faceva un uomo del genere con una ragazza vestita così modestamente?*, sembravano pensare.

Le lasciò il braccio discostandosi un poco.

Infine arrivarono al Duomo. Lei si fermò di nuovo sbalordita per ammirare la cattedrale. Non aveva mai visto nulla di così magnifico. Le guglie bianche svettavano alte verso il cielo, quasi parevano un delicato pizzo. La statua della Madonnina d'oro in cima alla cupola più alta, testimone e custode della città, sembrava osservare e benedire la folla sotto di lei. Però Angela le sembrava di sentire su di sé il suo sguardo severo.

«Possiamo andare via? », gli domandò ansiosa.

«Come preferisci. Ti porto a prendere un gelato in Galleria», disse lui immusonito. La gita non era così piacevole come aveva sperato.

«Che gusto preferisci?», le chiese all'arrivo del cameriere.

«Solo un bicchiere d'acqua fresca, grazie», rispose lei timida.

La coscienza le rimordeva per la sua bugia. Era diventata brava a mentire, pensò vergognosa. Aveva tradito la fiducia dei suoi genitori, che le avevano accordato il permesso senza fare troppe domande. Invece era venuta in città da sola con un uomo che non era suo marito.

Inoltre era intimidita davanti a quelle persone così ben vestite, che sembravano osservarla altezzose.

Anche Emilio la studiava silenzioso attraverso gli occhi della gente. Sembrava una domestica con quel vestitino da quattro soldi. Era selvatica, non sapeva comportarsi. Certo avrebbe potuto imparare, si rispose non troppo convinto.

Ritornarono in paese solo dopo qualche ora, entrambi scontenti di come era andata quella gita.

La confessione di Angela aveva lasciato l'amaro in bocca a don Attilio. Aveva capito di non averla convinta.

Era un suo dovere morale fare qualcosa per prevenire uno scandalo. Una giovane innamorata è facile da persuadere, il dottore avrebbe fatto presto a farle cambiare idea.

L'amore rende deboli anche le ragazze serie. Sospettava che il dottore stesse solo scherzando con lei, non era possibile che avesse intenzioni oneste.

Decise di parlare con i genitori della ragazza. Erano una famiglia devota, avrebbero tenuto in giusta considerazione i suoi consigli.

Così qualche giorno dopo si recò da loro dopo cena, il momento migliore per trovarli tutti riuniti.

Il pasto era un momento sacro, quasi quanto la santa Messa. La famiglia fissava la madre tuffare il mestolo dentro il pentolone per fare le parti della minestra. Il padre di diritto aveva una porzione maggiore, poi venivano le figlie e infine lei per ultima.

Regnava un silenzio religioso, impegnati a sorbire il brodo inframezzato a morsi voraci di una fetta di pane. Trangugiavano tutto per fame, quasi mai con gusto. La madre non era brava in cucina e la sua minestra sapeva di acqua sporca. Inoltre a volte capitava di trovarci dentro qualche bestiola caduta dal camino.

«Poco male, basta toglierla», commentava lei quando glielo facevano notare, e quanto si arrabbiava se le figlie facevano la faccia schifata. Capace di mandarle a letto a stomaco vuoto.

Quella sera avevano appena finito di mangiare. Serafino stava intagliando un balocco di legno per il nipotino, mentre le donne rigovernavano la cucina.

Come sempre, offrirono al parroco la sedia più comoda e un bicchiere di vino.

Dopo i soliti convenevoli, don Attilio si rivolse al padre, ma facendo cenno anche alla madre di dargli retta. Sapeva bene chi portava i pantaloni in quella casa.

«Avrei bisogno di parlare con voi e vostra moglie di una questione importante».

L'uomo fece un cenno con la testa alle figlie

comandando loro di uscire.

Angela lanciò uno sguardo spaurito al prete prima di ubbidire. Aveva capito che lui era lì per svelare il suo segreto.

«Mi sono arrivate voci di una simpatia tra la vostra figlia minore e il medico del paese. Non vi infiammate, non è successo nulla. Solo li hanno visti chiacchierare un po' troppo amichevolmente passeggiando nei campi. Sapete com'è la gente, basta un nonnulla, e si creano chissà quali fantasie. Ho voluto solo avvertirvi. È una brava ragazza, solo ingenua. Non si rende conto cosa possano fare le malelingue».

«Angela, vieni qua!», urlò il padre.

Lei rientrò subito, seguita da Ida.

«Cosa sono queste voci che ti vedi con il dottore?»

«Non facciamo nulla di male. Ci fermiamo a discorrere qualche volta».

«Non deve succedere mai più. Non voglio che la gente sparli delle mie figlie. Noi siamo gente per bene».

Spezzava il cuore guardare gli occhi pieni di lacrime della giovane, mentre le mani stringevano convulse il grembiule.

Chinò la testa in segno di ubbidienza.

Il prete sentiva di averle fatto una partaccia, povera figliola. Ma era per il suo bene. Dopotutto era suo dovere occuparsi delle loro anime.

«Non la strapazzi. È una brava giovane, sa che parliamo così solo perché le siamo affezionati».

Poi, per alleggerire l'atmosfera, si rivolse a Ida.

«Stai bene a Milano? Questo è il tuo bambino? Sarà contento tuo marito di questo bel maschietto».

Lei rispose guardando severa il figlio seduto per terra a giocare, «So qual è il mio dovere. Non ho grilli per la testa, io».

Che voleva significare? Era una frecciata rivolta alla sorella?

Erano così diverse quelle due, come il cigno e la cornacchia.

La minore così gentile e silenziosa, l'altra, prima di sposarsi, rumorosa e allegra. Con il matrimonio era cambiata. Parlava poco e faceva i fatti. Era sempre così arrabbiata e rancorosa.

Avrebbe dovuto trovare del tempo per parlarle. Dopotutto l'aveva vista crescere e aveva celebrato il suo matrimonio, anche se ormai non era più una sua parrocchiana.

Posò uno sguardo preoccupato su Angela.

Era inutile far ragionare il medico. Era testardo

come un mulo e non dava retta a nessuno, se pensava di essere nel suo diritto.

Forse era meglio scrivere anche a sua madre.

Si era fatto tardi, aveva ancora così tante faccende da sbrigare.

«Vi auguro una santa notte».

Li lasciò con una benedizione, pregando la Madonna di posare la mano su quella famiglia che aveva così tanto bisogno di protezione in quel momento.

Manera, ... 1938

Gentile signora,
mi permetto di scriverle per portare alla sua attenzione una simpatia nata tra suo figlio e una ragazza del paese.
Una giovane di ottimo carattere e di moralità indiscussa, ma di una classe inferiore a quella di lui.
Forse sarebbe opportuno una sua visita in paese per riportarlo sulla retta via.
Spero di non sembrare troppo inopportuno con questa mia missiva.
Sempre suo fedele parroco,

don Attilio

***

Lugano, ... 1938

Caro don Attilio,
la ringrazio per la sua lettera.
Me ne occuperò al più presto.
Sua devota,
donna Ione

***

Lugano, ... 1938

Caro Emilio,
vorrei che fossi presente, da qui a una settimana, al fidanzamento di tuo fratello con la signorina Eloisa. Ci sarà un piccolo rinfresco a casa di una sua amica, la signorina Anna Maria.
Spero che i tuoi impegni non ti impediscano di venire. Sai quanto lui ti sia affezionato e tenga alla tua presenza.
L'indirizzo è via de Togni, 23. L'abitazione è vicina alla Basilica di S. Ambrogio, non ti sarà difficile trovarla.
Pensavo però prima di andare a Milano, di fermarmi qualche giorno come tua ospite.
Vorrei vedere a che punto sono i lavori alla villa, per poi riferire al futuro cognato di tuo fratello, e fare anche l'inventario della biancheria. Ho intenzione di

acquistare un corredo per la nuova casa.
Di' a Pinuccia di prepararmi la mia stanza.
Un abbraccio,
tua madre

La lettera di don Attilio aveva preoccupato la madre di Emilio. Sapeva che il figlio, nelle questioni di cuore, a volte era un po' troppo superficiale.

Decise così di fermarsi a Lomazzo per indagare. Dopotutto il figlio minore si stava per fidanzare, e dopo il matrimonio sarebbe andato a vivere anche lui nella villa. Era suo dovere di madre controllare che tutto fosse in ordine per l'arrivo degli sposi.

Arrivata in paese, la donna però si trovò subito in imbarazzo. Non sapeva come scoprire il nome della ragazza. Il parroco certo non lo avrebbe rivelato. Per quel poco che l'aveva frequentato, non le sembrava tipo che avrebbe collaborato alla sua indagine. Le dava piuttosto l'idea che fosse sempre dalla parte del popolo.

Era già da un giorno ospite del figlio, e non aveva ancora trovato una soluzione.

Meglio mettersi a fare qualcos'altro, non era da lei starsene con le mani in mano. Suonò il campanello per chiamare la domestica, tanto valeva controllare la biancheria di casa.

«Pinuccia, togliamoci questo fastidio. Facciamo ora il conto delle lenzuola e tovaglie da buttare. Devo andare a Milano fra qualche giorno, ne approfitto per ordinarne delle nuove».

«Perché non le fa fare in paese, signora? Di sicuro risparmierebbe. Abbiamo anche qui delle brave ricamatrici. Per esempio Angela, anche il dottore la conosce. Qualche giorno fa li ho visti in stazione che si salutavano».

Donna Ione si fece attenta.

«Di chi parli?»

«È la figlia di una famiglia contadina del paese. È una delle migliori ricamatrici della zona. Gran lavoratrice e di seri costumi. Se non fossi sicura di lei, avrei anche potuto pensare male vedendola così in confidenza con vostro figlio», scherzò la domestica ridendo. Poi ritornò seria, le faceva piacere raccomandare una giovane del paese. «Le ragazze accettano sempre volentieri lavoro a cottimo, le aiuta a mettere via i soldi per la dote. Anche se in paese si dice che i suoi genitori abbiano già largamente provveduto a lei».

«Hai avuto una buona idea. Dammi l'indirizzo,

oggi nel pomeriggio vado a conoscerla».

Verso sera donna Ione si recò infatti a casa di Angela. Scelse un'ora tarda per essere sicura che fosse già tornata a casa dal lavoro. La trovò seduta al tavolo in cucina che stava ricamando in compagnia della madre.

«Buonasera, posso entrare? Mi ha dato il vostro indirizzo Pinuccia, la domestica di mio figlio, il giovane dottore del paese».

Si era rivolta alla madre, ma intanto guardava la figlia. Questa, al nome del medico, divenne tutta rossa.

«Per che motivo ci cercava?», rispose Clementina, invitandola a sedersi.

«Voglio fare ricamare la biancheria per la nuova villa che mio figlio sta facendo costruire. Pinuccia mi ha parlato molto bene di vostra figlia. Volevo proporle il lavoro, sempre che ci intendiamo sul prezzo».

«Per quello non vi preoccupate, ci metteremo di sicuro d'accordo. Cosa vi serve di preciso?»

Mentre discutevano del numero delle lenzuola e delle tovaglie, l'anziana donna osservava la giovane. Dopo averla educatamente salutata, aveva lasciato le trattative in mano alla madre, come era giusto che fosse. Ascoltava attenta, parlando solo per fare proposte sul ricamo.

Donna Ione la stimò gentile, oltre a essere una bella ragazza. Se non fosse stata un'operaia, le sarebbe anche piaciuta.

«Conosce per caso mio figlio, signorina?», le chiese d'improvviso volgendosi verso Angela.

«In paese ci conosciamo tutti», s'intromise Clementina. «La mia figlia maggiore ha fatto visitare il suo *fiulet* tempo fa dal dottore, e si è trovata bene».

Donna Ione le sorrise, ma continuò a rivolgersi ad Angela.

«Di sicuro ha visto la villa che stiamo costruendo. Sarà un'abitazione elegante, quindi pretendo il meglio. Lei è in grado di ricamare e orlare biancheria fine?»

«Può chiedere le mie referenze al signor Cattaneo, titolare del laboratorio dove sono impiegata. Se vuole posso farle vedere anche qualcuno dei miei lavori», rispose la giovane, un po' piccata per questo interrogatorio.

Sospettava che l'anziana donna fosse venuta lì con ben altro scopo.

«Per adesso non occorre. Ma si è fatto tardi, mi aspettano a casa. Ne parlerò con la mia futura nuora e poi le farò sapere».

A queste parole, ad Angela cadde il lavoro per terra.

«Suo figlio si sposa?», chiese con un filo di voce.

Questa sorrise, aveva avuto la conferma dei suoi sospetti. Volle essere magnanima. «Il mio figlio minore. Quando la villa sarà terminata, verremo tutti a vivere qui. Per ora vi auguro una buona serata».

Ora non restava che parlare con Emilio.

L'occasione di parlare con il figlio arrivò prima della sua partenza per Milano. Lei ed Emilio stavano passeggiando nel giardino della villa, discutendo gli ultimi lavori da fare per ultimare lo studio e il parco. Ormai la casa era pronta e quasi del tutto arredata.

«Vi piace come è venuta? Gli operai hanno quasi terminato».

«Prima finisce meglio è. Ora manca, per rendermi felice, che tu e tuo fratello finalmente vi sposiate. Poi saranno le vostre mogli a badare a voi due. Con tutte le preoccupazioni che mi avete dato, mi avete accorciato la vita di almeno vent'anni».

«Morirete a cent'anni, madre mia, circondata da uno stuolo di nipotini. Parola di medico», rispose ridendo Emilio. «E poi che assilli vi ho procurato?»

La madre non rispose subito. Continuarono a

passeggiare per il giardino della villa, mentre osservavano i lavori.

Il figlio la seguiva con la fronte aggrottata. Sapeva che stava per arrivare dalla madre una bella ramanzina, era solo in attesa di un angolo lontano da orecchie indiscrete.

«Mi è stato detto che hai una tresca con un'operaia del paese».

«Quale? Sono un uomo che piace, ne ho avuto diverse».

«Non fare il finto tonto. So tutto. Il parroco mi ha scritto preoccupato per quello che combinate. Sono venuta a Lomazzo apposta per indagare».

«Non ci ho fatto nulla di male. È colpa mia se lei ha perso la testa?»

Era inutile continuare a negare, poteva solo tentare di sminuire il fatto.

«Sei stato sconsiderato. A lei avrebbe dovuto starci attenta sua madre, si sa che gli uomini sono cacciatori. Però iniziano a circolare troppe voci. Non vorrei che qualche pettegolezzo arrivasse alla famiglia della fidanzata di tuo fratello. Sono orgogliosi, potrebbero risentirsi, e magari rompere anche il fidanzamento. Ci serve la sua dote per questa maledetta villa».

«Anche Angela ha una dote sostanziosa, non è poi

un partito così modesto», replicò Emilio, offeso dalle critiche materne. «Inoltre mi piace molto, penso di esserne innamorato. Questo per voi non è importante?»

La madre si fermò a guardarlo. L'amore, che bella parola, ma non riempie lo stomaco. Doveva estirpare quel sentimento dalla mente del figlio.

«Non ci pensare nemmeno. Dote o non dote, quella è un'operaia figlia di contadini. A te ci vuole una moglie ricca, della buona borghesia lombarda. Devi pensare anche alla tua carriera, sarebbe rovinata prima ancora di iniziare. Che conoscenze ti potrebbe portare quella lì? Era forse lei che sognavi, quando passavi le notti chino sui libri?»

Sua madre aveva toccato la corda giusta. A Emilio bruciava ancora la gita a Milano. Continuava a pensarci. Che moglie avrebbe potuto essere Angela per lui?

I suoi genitori si erano spezzati la schiena nel loro negozio di latticini a Lugano per permettere ai figli di laurearsi e avere una vita migliore. La sua famiglia faceva affidamento su di lui, quel pezzo di carta era anche loro. Carriera o amore? Un bel dilemma.

La madre lo distrasse dalle sue riflessioni.

«È ora di andare. Hai avvisato tuo fratello di

aspettarmi alla stazione di Milano? Ti attendo per il fidanzamento. Rifletti su quello che ci siamo detti, sono sicura che prenderai la decisione migliore».

Lomazzo, ... 1938

Caro fratello,
ti scrivo per congratularmi del tuo fidanzamento. Nostra madre è passata da Lomazzo e mi ha raccontato che la tua fidanzata proviene da una abbiente famiglia austriaca. Hai fatto un'ottima scelta. Ovviamente sarò presente al vostro ricevimento.
Nella tua ultima lettera mi chiedi come mi trovo a Lomazzo. Un solo commento: mi annoio. Ma come può essere diversamente dopo avere vissuto a Milano?
Non mi posso lamentare per la mia professione. Mi sto creando una buona clientela, non solo di contadini, ma anche pazienti di una classe più agiata. Ma non esiste solo il lavoro. Oltre al circolo del Fascio, non c'è molto altro da fare in paese. Lì si legge il quotidiano, si chiacchiera, si fa qualche partita a carte, ma niente di più. Una vita tranquilla che potrebbe andare bene a nostro padre, non certo a noi giovani abituati ai balli e al teatro.
Inoltre, la costruzione della villa ci sta prosciugando. Sono quasi pentito di essermi messo in questo affare.

Mi consola che verrete a vivere qui anche tu e la tua futura sposa. Ma non voglio certo spaventarti, la vita in campagna ha anche i suoi lati positivi. Come per esempio la caccia e le passeggiate nei campi.

Una novità però ce l'ho anch'io. Ho conosciuto una ragazza molto carina. Mi ha incantato la sua ingenuità, non sa nulla del mondo. Mi guarda come se fossi un dio. Ovvio che questo lusinghi la mia vanità. Una boccata d'aria in questa prigione che è la provincia.

Non vedermi però già fidanzato. Come nostra madre mi ha fatto notare, ci sono dei grossi ostacoli a un nostro eventuale matrimonio. Lei è figlia di contadini e fa l'operaia. Impossibile sposarla, anche se mi hanno detto che ha una bella dote.

Però è come un giglio bianco in tanto grigiore. Mi piace passare del tempo con lei, a volte addirittura controllo l'orologio per non tardare ai nostri appuntamenti.

Non ridere, provo dei sentimenti contrastanti. Ma non ti preoccupare per me, la ragione avrà la meglio.

Ora devo scappare, i pazienti mi aspettano.

Ti racconto meglio della vita di provincia quando arrivo a Milano. Preparati ad annoiarti al solo racconto.

Il tuo affezionato fratello,

Emilio

Ombretta

Ottobre 2017

Ci sono ancora così tanti *"ma"* e *"forse"* nella mia indagine e dubito di riuscire a trovare altre tracce da seguire.

Dovrò rassegnarmi a una verità parziale sulla storia d'amore di Angela ed Emilio, anche se ho ancora tanti dubbi su come sia andata in realtà.

È il momento di mettere un punto alle mie investigazioni.

Ho deciso di farlo subito dopo l'intervista con il cugino ritrovato di Angela. Non mi aspetto granché di nuovo. Forse qualche aneddoto per conoscere meglio la cugina, magari un po' di colore locale.

È di salute cagionevole in questo periodo, così ho passato un mese prima che potessi incontrarlo.

Luigi mi è venuto a prendere alla stazione di Manera. Mi accompagna in auto da suo zio Giuseppe, per poi scappare a un'assemblea in municipio.

Il suo studio è stipato di faldoni zeppi di articoli, giornali e libri sugli scaffali, sulla scrivania, perfino sul pavimento. Aveva ragione il parroco, anche se ultranovantenne, è ancora un attento testimone del suo piccolo mondo antico.

Non è molto felice di incontrarmi, probabilmente il nipote ha dovuto insistere un po'. Mi guarda diffidente, non sa che domande aspettarsi.

D'altronde nemmeno io so cosa chiedere.

«Com'era Angela?» inizio a domandargli.

«Non me la ricordo. Ero un ragazzino, mentre lei era già una donna fatta. Abbiamo dodici anni di differenza. Sono tanti. Mi ricordo però bene di tuo padre e della sua Vespa. Sapeva quanto mi piaceva, mi faceva fare sempre un giro. Era simpatico a tutti, mi è dispiaciuto apprendere che è morto ancora giovane».

Mio padre lo sto scoprendo bambino e giovane uomo in questo viaggio a ritroso nella memoria degli ultimi anziani della famiglia di sua madre.

Sono felice di sentir parlare di lui, ma non sono qui per questo.

Giuseppe sta deviando dall'argomento, la mia intervista non sta andando affatto bene.

«Che cosa si ricorda di quegli anni?»

«A noi ragazzini non dovevano interessarci agli affari degli adulti. A quell'epoca m'importava solo giocare a pallone in cortile con gli amici. Non frequentavo tanto la casa di mio zio Serafino. Una volta con una pallonata avevo rotto un vetro della sua finestra. Non ho mai detto di essere stato io, così avevo vergogna di andarlo a trovare. Temevo che leggesse la colpa nei miei occhi. Mi piaceva tanto studiare, volevo diventare maestro. I genitori e la nonna Regina mi hanno aiutato a realizzare il mio desiderio».

È stato un piacevole pomeriggio di chiacchiere, ma niente di più. Mi sto per accomiatare, quando lui accenna di sfuggita che la cugina spesso dormiva a casa loro per fare compagnia alla nonna Regina che viveva con la sua famiglia.

Mi fermo sulla soglia con il cappotto in mano.

«Come può essere che non abbia mai sentito nulla, nemmeno un pettegolezzo, se lei dormiva a casa vostra?», gli chiedo a bruciapelo.

Il tempo pare cristallizzarsi. Ci fissiamo per qualche secondo, poi mi butta in faccia una nuova versione di come si è svolta la vicenda.

«Quello là ha preso in giro mia cugina e se ne è pure vantato in paese. L'ha svergognata. Prima l'ha fatta innamorare. Qualche parolina, un sorriso. Ci voleva poco. Angela è stata sempre un'illusa, credeva nel grande amore. Poi, quando non gli è servita più, se ne è liberato».

Mentre lui parla, sento dentro di me che tutti i

tasselli vanno al loro posto. I miei dubbi sono spazzati via dalle sue parole.

«È tempo che lei se ne vada. Sono stanco e rischia di perdere il treno», mi commiata brusco.

Rimaniamo qualche momento muti davanti alla porta, persi entrambi nei nostri pensieri.

«Sono passati più di ottant'anni da quella storia. Dopotutto ero solo un bambino quando lei sparì dalla Manera. Non pensavo di rammentare così tanti particolari», aggiunge sovrappensiero.

«Se le dovesse tornare qualcos'altro in mente, non esiti a chiamarmi», butto lì io.

«Non credo proprio di poter ricordare altro», mi risponde lapidario.

Lo ringrazio e me ne torno a casa.

Ci lasciamo entrambi tristi per la sorte di Angela.

Tornata a casa, però sono sorte altre questioni che mi hanno fatto passare la notte in bianco a riflettere su cosa fare.

Non ho ancora nessuna prova concreta, ma solo ricordi.

Come devo continuare? Mantenere la prima versione, così come mi è arrivata dalle leggende familiari?

La mia anima romantica preferisce la variante dell'amore contrastato, e forse sarebbe anche quella che avrebbe scelto Angela.

Oppure fidarmi del nuovo testimone? In questo caso tutti i pezzi s'incastrano alla perfezione. Ma mi parrebbe quasi di tradirla.

Per un momento penso addirittura di portare avanti entrambe le storie e vedere come andrà a finire.

Mentre formulo questo pensiero, mi rendo conto di quanto sia assurdo. Sarei infedele alla mia ricerca e alla memoria di Angela.

Essere liberi vuole dire anche accettare la verità, per quanto possa essere scomoda.

Angela

Marzo 1938

Qualche giorno dopo la partenza della madre, anche Emilio si recò a Milano.

Il ricevimento si sarebbe tenuto in uno dei quartieri più eleganti della città.

Fu una bella sorpresa per lui, amante dell'architettura innovativa, scoprire che il palazzo era stato appena realizzato dall'architetto Gio Ponti.

L'appartamento dove si svolgeva il rinfresco occupava un intero piano, e aveva grandi finestre da cui entrava in abbondanza luce naturale. Le vetrate erano simili a quelle progettate dall'ingegner Frisia per il salone della sua villa, e questo particolare lo inorgoglì.

Sua madre lo stava aspettando e, appena lo vide entrare, gli andò incontro.

«Buongiorno Emilio. Sono felice che sei riuscito a liberarti dai tuoi impegni per venire».

«Non sarei mai mancato al fidanzamento di mio fratello», rispose lui. «Come mai si tiene qui?»

«La tua futura cognata è ospite di una sua amica, che ha voluto offrire la sua casa per l'evento. Abbiamo colto l'occasione, anche perché Eloisa vorrebbe rientrare in Austria prima del matrimonio per stare con la sua famiglia. Sono momenti difficili, con quest'aria di guerra che aleggia sull'Europa, chissà quando poi li potrà rivedere».

In quel momento si avvicinò loro una giovane donna bruna.

«Signorina Anna Maria, le presento mio figlio maggiore, Emilio. È medico condotto in provincia di Como. Lei è l'amica di cui ti parlavo e che è stata così gentile con noi».

«È stato solo un piacere per me e mio fratello ospitarvi. Siamo così affezionati ai promessi sposi».

Frasi banali e artificiose. Angela avrebbe pronunciato ben altri auguri per i promessi sposi, pensò il giovane, sorridendo alla donna.

Dopo qualche minuto, lei li lasciò per salutare alcuni invitati appena arrivati.

La madre non perse tempo per tessere le sue lodi.

«Quanto è lussuoso questo appartamento. Suo fratello è un ingegnere. Una signorina tanto per bene, così elegante e istruita. Ha qualche anno più di te, ma che importa? Siamo quasi negli anni '40, chi ci fa più caso? Ha una ricca dote, e la sua famiglia ha ottime conoscenze. Per favore, almeno parlaci».

«Non ho bisogno che mi cerchiate moglie, posso

pensarci da solo. Non sono in vendita per delle zitelle la cui unica attrattiva è la ricchezza», ribatté Emilio infastidito. Quindi l'abbandonò per andare al buffet a prendere un calice di sciampagna.

Che bello scherzo gli aveva fatto sua madre.

Aveva organizzato il rinfresco per il fidanzamento del figlio minore a casa della donna che aveva scelto per lui.

Che sfacciataggine! Tipico di lei. Sempre a manipolare a suo piacimento la vita dei figli.

Si sedette su una poltrona dietro a una colonna, non voleva essere visto in quello stato alterato.

Lasciò vagare lo sguardo sulla stanza, arredata con buon gusto e signorilità, per finire poi a posarsi sulla padrona di casa.

In realtà era piacente e vestiva con eleganza. Di sicuro sapeva intrattenere i suoi ospiti.

In quel momento stava chiacchierando con un gruppo di ospiti, di fianco a un tavolo dove troneggiavano delle superbe rose rosse in un prezioso vaso di cristallo di Boemia.

Il medesimo colore del suo raffinato abito. Sembrava lei stessa fare parte dell'elegante mazzo.

Era un pregiato fiore di serra, a cui si dedicano tutte le attenzioni per la sua sbocciatura. Un prezioso ornamento in una casa elegante.

Istintivo gli venne il paragone con Angela, una modesta rosellina selvatica. Rallegra gli occhi quando la si scopre tra i rovi. Ci si ferma un momento ad annusarla e ad accarezzarne i petali. La si può cogliere per appuntarsela al bavero della giacca.

Chi però se ne prende cura, o ne coglie un mazzolino per portarselo a casa?

Di certo lui avrebbe preferito coltivare una preziosa pianta nella sua nuova villa, piuttosto che un cespuglio di fiori selvatici.

Le prestò maggiore attenzione. Non era proprio il suo tipo, sembrava possedere un carattere troppo intraprendente.

Lui preferiva le carnagioni pallide, con un temperamento più timido.

Mentre era preso dalle sue riflessioni, non si era accorto che la madre lo stava studiando.

Sapeva perfettamente come si sarebbe comportato il figlio. Gli aveva già perdonato l'atto maleducato di poc'anzi. Si riscaldava per un nonnulla, ma poi avrebbe come sempre seguito i suoi consigli.

Dalla nascita di entrambi i figli stava pianificando il loro futuro: gli studi, la laurea, e alla fine un buon matrimonio.

Quello minore oggi si fidanzava con una fanciulla di una distinta famiglia.

Aveva trovato anche per Emilio una moglie che soddisfaceva i suoi gusti, e soprattutto, i loro interessi.

Se tutto fosse filato liscio, si sarebbero potuti sposare entrambi entro l'anno in corso. Poi sarebbero andati a vivere insieme nella villa di Lomazzo.

Tutta la sua famiglia riunita sotto un unico tetto. Figli con una carriera professionale avviata e nuore di suo gradimento. Cosa poteva volere di più una madre?

Per fortuna che il parroco l'aveva avvertita, ma le era già arrivata qualche chiacchiera dal paese. Per questo si era data tanto da fare per organizzare questo rinfresco.

Insomma, suo figlio era un giovane maschio, era naturale che si fosse divertito con la ragazzetta. Forse le aveva promesso anche qualcosa.

È vero che lei era carina, con un buon carattere, e, da quello che si diceva in paese, aveva anche una buona dote. La domestica le aveva riferito che i genitori di lei avevano messo da parte addirittura ventimila lire per ognuna delle figlie, anche se come cifra le sembrava esagerata. Dopotutto erano solo contadini.

Dove avrebbero trovato una somma del genere?

Prima di conoscere l'amica della futura nuora, aveva anche ipotizzato una loro unione in mancanza di un partito migliore.

Erano sommersi dai debiti. Quanti soldi aveva ingurgitato quella benedetta casa.

Ma alla fine era stato solo un pensiero peregrino.

Sant'Iddio, era solo un'operaia, e aveva a malapena finito le elementari.

Mentre suo figlio era laureato. Che vita sarebbe stata la loro? Non avevano nulla in comune.

Sorrise vedendo Emilio alzarsi e andare verso Anna Maria con un sorriso ammaliante.

Era un uomo affascinante, non avrebbe fatto fatica a conquistarla.

Stava scendendo la sera. Emilio passeggiava per le vie di Milano senza avere una meta precisa. Camminava lento fendendo la folla frettolosa che ritornava a casa dopo una giornata di lavoro. Aveva appena lasciato la madre e il fratello dopo un incontro burrascoso. Le fatture continuavano ad accumularsi. Anche con la dote della fidanzata di quest'ultimo e un contributo più sostanzioso dei genitori, erano ancora indietro con i pagamenti.

La famiglia gli aveva imposto di mettere un freno alle spese dell'ingegnere Frisia. Quella villa era un pozzo senza fondo. Ora c'era anche da pagare l'arredamento fatto su misura.

La madre inoltre insisteva che si trovasse al più presto una moglie ricca che aiutasse a saldare i debiti.

Ma come poteva lasciare Angela? Ne era innamorato. Anche se dopo la gita a Milano, i suoi sentimenti si erano raffreddati.

Doveva prendere una decisione prima di tornare a Lomazzo.

«Emilio!», una voce amica lo riscosse dai suoi pensieri.

Era un compagno di università.

Fu felice d'incontrarlo, per qualche minuto avrebbe potuto distrarsi.

«Come stai? Ho sentito che lavori in uno studio privato a Lomazzo. Complimenti!»

«Non mi lamento. Tu invece cosa mi racconti?»

«Niente di che. Lavoro all'Ospedale Maggiore. Però ho una novità. Mi sono appena sposato e sto per diventare padre».

«Congratulazioni. La conosco?»

«Forse te la ricordi. Era una commessa della Rinascente. Uscivamo con lei e la sua amica quando eravamo ancora studenti. Poi, dopo la laurea, tu sei partito. Io ho continuato a frequentarla, ed è rimasta incinta».

«E i progetti per la tua carriera? Volevi fare ricerca e insegnare all'università».

«Non li ho abbandonati, solo messi da parte fino a dopo la nascita del bambino».

«La tua famiglia come ha reagito?». Anche l'amico era figlio di borghesi benestanti.

«L'hanno presa molto male. Mio padre mi ha diseredato. Ma io sono un uomo perbene, non potevo abbandonarla. Lo stesso avresti fatto tu, ne sono certo».

Emilio non ne era tanto sicuro. Si sarebbe comportato così anche lui con Angela nella medesima situazione?

Per fortuna l'amico era di fretta.

«Ti devo lasciare, ho un doppio turno all'ospedale. Con un bambino in arrivo, i soldi non bastano mai. Quando ripassi da Milano, vieni a cena da noi. Facciamo una vita così isolata ultimamente. Tutti gli amici sono spariti».

Emilio farfugliò qualcosa mentre questi scappava al lavoro. Sapevano entrambi che non si sarebbero più rivisti.

Avrebbe fatto la stessa fine se avesse sposato Angela. Con in più un carico di debiti sulle spalle. I suoi genitori non avrebbero certo accettato un matrimonio del genere. Soprattutto sua madre, era troppo orgogliosa di quello che lei e il marito avevano raggiunto, e si aspettava dai figli un matrimonio che avrebbe rafforzato lo status raggiunto.

Lui non era così coraggioso da seguire le orme dell'amico. Non gli garbava di lavorare in una corsia d'ospedale per uno stipendio da fame. Aveva sempre nutrito ben altre ambizioni.

La madre gli aveva fornito su un piatto d'argento un buon matrimonio. Però prima di decidere voleva conoscere meglio la donna scelta per lui.

Avrebbe chiesto al fratello di combinare un incontro.

«Allora viene?», domandò ancora una volta Emilio. Lui e il fratello erano seduti nell'elegante pasticceria Marchesi in via Santa Maria alla Porta.

Aveva scelto quel locale per la sua elegante architettura, un piacere per i suoi occhi da esteta. Inoltre era a dieci minuti di strada a piedi dalla zona dove viveva l'amica della fidanzata del fratello. Un atto gentile nei confronti delle due giovani donne.

«Ho chiamato questa mattina per avere la conferma. Sono solo un po' in ritardo».

Emilio si accese una sigaretta guardando fuori dalla vetrina. A quell'ora la strada era affollata di persone eleganti.

«Come sei agitato. Fino a qualche giorno fa non facevi che criticarla, e ora sei impaziente di incontrarla di nuovo», lo prese in giro il fratello.

«Non è poi così male come credevo all'inizio. Ho conversato con lei al tuo ricevimento, ed è stato piacevole. Voglio solo conoscerla meglio».

«Non me la dai a bere», rise l'altro, «Ho sentito quando chiedevi informazioni su di lei alla mia fidanzata. Cosa hai in mente?»

«Quello che abbiamo in testa entrambi. Un matrimonio con una ricca ereditiera. Non è quello a cui pensi anche tu?»

«Vacci piano. Io sono innamorato, anche se una buona dote ovviamente non guasta», rispose il fratello, «Però mi sembra molto cinico da parte tua volerla sposare solo per i soldi».

«Forse nostra madre non ha torto. Come al solito, ha avuto buon occhio. È di sicuro un buon partito, potrebbe rivelarsi un'ottima scelta. Lei e il fratello fanno parte della buona borghesia milanese. Una moglie così non è da disprezzare. Come ben sai, la villa sta costando più di quanto preventivato. Inoltre mi piace la bella vita e sono ambizioso. Ci si sposa per convenienza sociale. L'amore è per i romanzetti di Liala. Devo solo capire se ci possiamo intendere».

«Dicono che ha avuto un innamorato che però non piaceva alla famiglia. È stata obbligata a lasciarlo. Non ti dà fastidio il suo passato?»

«Non essere ridicolo. Ne ho uno anch'io. Non ci sono scandali, solo pettegolezzi. Che vuoi che m'interessi? Anzi è meglio. Così mi sarà grata perché ci passo sopra e la sposo».

«Non esagerare. Mi hai scritto che anche tu hai una storia in paese, potrebbe scoprirlo».

«Non ti preoccupare, quella è solo un'avventura. Se questo affare va in porto, appena arrivo a casa tronco subito».

«Ecco che stanno arrivando le nostre future spose», annunciò il fratello facendo loro un gesto con la mano per farsi notare.

«Buongiorno signorine, come siete radiose oggi», le salutò Emilio con galanteria, mentre spegneva la sigaretta nel portacenere e si alzava per farle accomodare.

Angela non aveva notizie di Emilio da ormai un paio di settimane. Addirittura era arrivato un suo collega di Cirimido per sostituirlo, si sperava solo temporaneamente.

Alla fine tornò, ma qualcosa era cambiato tra di loro. Non si presentò più al loro appuntamento quotidiano alla cappella.

Se si incrociavano in paese, lui abbassava gli occhi per non doverla salutare. Prima, anche se era in compagnia, le lanciava sempre un sorriso. Se non passava nessuno, anche un bacio a fior di dita.

Cosa era successo?

La ragazza temeva che don Attilio gli avesse parlato. Forse gli erano arrivate voci che i suoi genitori non erano contenti della loro storia.

Doveva vederlo per parlargli, spiegarsi, tornare ad amarsi.

Con una scusa, mandò il cugino allo studio medico con un biglietto.

«Devi consegnarlo solo a lui. Aspetta una sua risposta», si raccomandò.

Davanti alla sguardo incuriosito di Pasquale, accampò una scusa.

«Non è niente, solo una ricetta. Vai, è urgente! »

Amatissimo Emilio,
Perché mi trascuri? Ho fatto qualcosa che ti ha offeso?
Non posso vivere senza avere tue notizie.
Ti aspetto al solito nostro posto.
Tanti baci dalla tua,

Angela

Va bene. Fra un'ora.
E.

Angela arrivò all'appuntamento con largo anticipo. Non voleva che per qualche ragione mancassero di incontrarsi.

Quante bugie e sotterfugi agli occhi del mondo.

Si vergognava. Lei che non aveva mai mentito ai suoi genitori e al parroco, ora lo faceva di continuo per stare con lui.

Avrebbero di sicuro chiarito tutto, si sarebbero riappacificati. Tra di loro c'era del sentimento, lei lo sapeva, niente li poteva separare.

Sarebbe tutto passato quando avrebbero rivelato al

mondo il loro amore. Doveva solo avere pazienza.

Alla fine lui arrivò. Era un po' in ritardo, ma si sa, un medico non ha orari. Quando la vide, rallentò il passo e si accese una sigaretta.

Lei gli andò incontro. La sua freddezza la intimidiva.

«Signorina, la deve smettere di seguirmi. È imbarazzante e inopportuno. Cosa può pensare la gente del paese? Ho una reputazione da mantenere».

Le sue fredde parole l'agghiacciarono.

«Non capisco. Ti ho offeso in qualche modo?»

« Per favore, da oggi in poi mi stia lontana. Mi scuso se le ho fatto pensare che tra di noi ci potesse essere qualcosa di più che una piacevole amicizia».

Era confusa, tentò di avvicinarsi a lui.

«Ma i baci, le promesse che ci siamo scambiati? La gita a Milano? Per te non sono niente? »

Spazientito, lui si scostò, gettando via il mozzicone.

«Sono stati solo un momento di debolezza. Mi dispiace di avere protratto per troppo tempo questa relazione. Non siamo fatti per stare insieme, è troppo ampio il divario sociale che c'è tra di noi. Meglio troncarla ora, prima di commettere qualcosa di irreparabile».

Angela si mise a piangere, torcendosi le mani. Lui

sentiva pesargli addosso quegli occhi umidi come un atto d'accusa. Non gli permettevano di chiudere quel rapporto dignitosamente come avrebbe desiderato, senza lacrime o recriminazioni. Aveva sperato che lei avrebbe capito dalla sua freddezza che la loro storia era terminata.

Invece no, lo aveva costretto a quell'incontro umiliante. Lacrime e scene melodrammatiche, tutto ciò che lui aborriva. Si infuriò.

«Insomma, non ha un po' di amor proprio? Lo dico anche per lei. Il paese le ride dietro. Per favore, smetta anche di darmi del tu. Potrebbe far sorgere degli equivoci sui nostri rapporti. Ora devo andare, il lavoro mi attende. Mi auguro di essere stato chiaro e di non essere più disturbato. Addio».

Quindi le voltò le spalle e se ne andò senza più girarsi indietro per non vederla piangere.

Angela era confusa. Non era possibile che il suo Emilio non volesse più incontrarla. Era tutto il suo mondo.

Era finita senza un motivo. Addirittura negava quello che c'era stato tra di loro.

Era stato così distaccato con lei.

Avrebbe voluto richiamarlo, chiedere altre spiegazioni, farsi perdonare.

Ma di cosa?

Non un solo suono uscì dalle sue labbra.

Cadde in ginocchio. Le girava la testa.

Il corpo era percorso da brividi. Le tempie pulsavano seguendo il ritmo del suo cuore pronto a scoppiarle in petto.

Infine il buio misericordioso scese su di lei.

A Ida le si stringeva il cuore vedere sua sorella appoggiata al muretto, ogni giorno della settimana, in attesa del passaggio di quello là.

Prima quel disgraziato allungava la strada per farsi vedere da lei, mentre adesso la cambiava. Lo odiava per il male che stava facendo ad Angela.

Ma oggi ancora di più, perché aveva qualcosa da dirle su di lui che l'avrebbe fatta stare male.

Che fosse maledetto!

Si avvicinò ad Angela, tirandola per un braccio per farsi notare.

«Vieni con me. Ti devo dire una cosa».

Quest'ultima non voleva spostarsi da lì. «Su muoviti, tanto non passa più. Oggi il signorino è andato a casa presto. È arrivata sua madre».

Era inutile fare nomi, entrambe sapevano di chi si

stava parlando.

«Tu che ne sai?»

«L'ho vista scendere dal treno questa mattina a Lomazzo quando sono andata a trovare mia cognata. Ti conviene seguirmi. Ho una notizia su di lui che ti farà capire che bel tomo è il tuo dottore».

Angela si staccò a malincuore da lì e seguì la sorella maggiore sotto il porticato.

Ogni notizia di lui era come un sorso d'acqua fresca. Viveva ormai solo del ricordo di quello che era stato.

Ida non sapeva come comunicarle quello che aveva sentito a casa della sua parente. La sorella minore non l'avrebbe presa per niente bene. Forse però un grosso dolore l'avrebbe svegliata da quella fantasia. In qualunque caso, era inutile girarci intorno.

«Il dottore si è fidanzato con una signorina di Milano».

Angela sbiancò, ebbe quasi un mancamento, dovette appoggiarsi a una sedia.

Ida corse in casa a prenderle un bicchiere d'acqua.

«Che dici?», sussurrò. «È una bugia. Chi te l'ha detto?»

«Ne parlano tutti a Lomazzo. La madre è arrivata in paese per controllare i traslocatori. Appena la casa sarà arredata, si sposeranno sia lui che il fratello e andranno con le mogli a vivere lì».

«Non è vero. Lui ama me! Ha promesso di sposarmi e di portarmi a vivere alla villa. Me l'ha anche mostrata».

«Quando è successo? Che hai fatto, disgraziata? Ti ha compromessa?»

«Che dici? Che t'importa? Non mi hai mai voluto bene», smaniò l'altra.

«Hai ragione, ormai importa poco. Se il male è stato fatto, non si può rimediare. L'importante è stare zitte, hai capito? Non ti sposerà mai, stupida che non sei altro. Quella gli porta tanti denari, e lui ha fatto troppi debiti. La moglie provvederà a saldarli per lui. Sono perfetti l'una per l'altro».

«Anch'io ho una bella dote. Perché non può sposare me?», rispose Angela piangendo.

«Ma vivi sul mondo della luna? Lei è della sua stessa classe sociale. Una come te l'avrebbe sposata solo con la canna di fucile puntata alla testa. Con te si è voluto solo divertire per vantarsi poi in paese della stupida contadinotta che ha perso la testa dietro a lui».

«Non sai di cosa parli. Lui mi vuole bene. Ho anche la prova».

Rientrò in casa di corsa, con Ida alle spalle. Da un

cassetto del comò tirò fuori un fazzoletto piegato in quattro.

Dentro c'era una rosellina bianca seccata, quella che lui le aveva regalato.

L'aveva conservata per tutto quel tempo, come il suo bene più prezioso, nascosto tra le lenzuola della sua dote.

«Sei impazzita?», le urlò la maggiore. «Non significa nulla, è solo un fiore raccolto nei campi. Gettalo via e dimenticalo. Lui non va bene per te».

«Non è vero! Sei solo invidiosa».

«Di cosa?»

«Hai fatto un pessimo matrimonio. Tuo marito non ti ama, ti tratta male. Sei gelosa di me, perché noi siamo innamorati».

«Che ti stai inventando? Sono soddisfatta della mia vita».

«Allora perché sei sempre qua alla Manera?»

Perché non era felice a casa sua, con il marito e il figlioletto. Ma questo non l'avrebbe mai ammesso.

Strappò in malo modo il fiore secco dalle mani della sorella e lo gettò per terra, schiacciandolo sotto le scarpe mentre usciva dalla stanza.

Angela si buttò a terra per raccoglierlo, ma ormai era solo polvere.

«Perché lo hai fatto?», le urlò dietro. «Non voglio avere più niente a che fare con te. Mi hai capita?»

Solo il silenzio le rispose.

Lentamente si rialzò, con in mano niente altro che la polvere del suo ricordo, per ritornare al suo posto di vedetta.

Clementina non sapeva più come prendere Angela. Aveva provato con parole gentili e altre dure, con il comando e la persuasione. Niente da fare.

Il padre invece soffriva troppo a vedere la figlia più piccola così avvilita. Le si sedeva vicino accarezzandole la mano o la testa senza però proferire parola.

Ida, dopo l'ultima discussione tra di loro, a mala pena le rivolgeva la parola.

Alla madre aveva dichiarato che non avrebbe più provato a farla ragionare, sua sorella era ormai pazza e dava solo scandalo alla famiglia. L'unica soluzione, aveva buttato lì, era di farla ricoverare al San Martino.

Solo a pensarci alla povera Clementina venivano i brividi.

L'unica persona che forse avrebbe potuto convincere la giovane era la suocera.

C'era un affetto profondo tra nonna e nipote. Quest'ultima spesso passava la notte con lei per tenerle compagnia e assisterla.

Certo era un boccone amaro chiederle aiuto, ma non vedeva altra soluzione.

Le avrebbe chiesto consiglio per entrambe le sue figlie.

Anche Ida le dava qualche preoccupazione. Passava troppo tempo con loro, e sempre meno con il marito a Milano.

Trovò Regina coricata, anche se era pieno giorno. Ormai erano così tanti i dolori, che si alzava raramente dal suo letto.

«Vi saluto suocera. Come state oggi?»

«I soliti acciacchi dell'età. Come mai mi vieni a trovare? Non ti si vede spesso da queste parti, anche se abitiamo a una porta di distanza».

Clementina fece finta di non aver capito il rimprovero, e continuò con la sua richiesta.

«Vorrei chiedervi un consiglio. Sono preoccupata per le mie figlie. Non riesco più a capirle. Ida è sempre così arrabbiata, non le si può dire niente che risponde con cattiveria. Anche a me, sua madre. Angela invece ha perso la testa per quel dottorino. Ormai siamo sulla bocca di tutti».

«La vostra maggiore non ha del tutto torto a essere amareggiata. Non è stata così fortunata con il matrimonio. Suo marito è violento. Anche se vivono in città, lo sanno tutti che lui le mette le corna senza nemmeno curarsi di nasconderlo. Addirittura se ne vanta quando viene in paese».

«Vostro figlio ha provato a parlarci, ma senza risultato. Lui nega e ride. Che ci possiamo fare?»

«Dovevate rifletterci prima di dare il vostro consenso. Ma oramai il danno è fatto, non si può più tornare indietro».

Un attacco di tosse le tolse la voce, solo un bicchiere d'acqua le fece tornare il fiato per andare avanti a parlare.

«Per Ida però non mi preoccupo. Ha un carattere forte, e anche se non sarà felice, in qualche modo se la caverà. Sono preoccupata invece per Angela».

Si fermò per qualche secondo a raccogliere le idee e bere un altro sorso.

«Entrambe le tue figlie sono ambiziose, vogliono una vita migliore di quella che possono trovare qua. La prima si è presa un marito bottegaio a Milano che la fa star bene *con i danee*. La più piccola non si accontenta solo di questo, vuole anche l'amore. Ha volato troppo in alto e ora rischia di cadere, ma è troppo testarda per ritornare sui propri passi».

«Non vi capisco, suocera. Che intendete?»

«Dovete intervenire voi genitori e farla ragionare».

«Pensate che non ci abbiamo provato? Ma lei niente, è convinta che le stiamo complottando contro, che non vogliamo questo matrimonio. Ed è vero, non hanno niente in comune. Lui ha studiato, e lei ha appena finito le elementari. Prima o poi si sarebbe stancato di lei. Cosa ne sarebbe stato allora della mia povera figlia?».

La suocera commiserava la nuora, sapeva bene quanto fosse disgraziato questo amore impossibile.

«Inutile piangere. Mandatela magari per un po'a Bregnano dai vostri parenti. Lontano dagli occhi, lontano dal cuore», suggerì.

Clementina si asciugò con un angolo del fazzoletto le lacrime che non volevano fermarsi.

«Non voglio che anche loro sappiano di questo scandalo. Ne morirei per la vergogna. Sono questi i consigli che mi date? No, deve rimanere tutto tra le pareti di casa. Vedo che nemmeno voi mi potete aiutare. Vi saluto».

Regina la guardò andarsene. Sua nuora non era in grado di gestire la crisi di Angela, e lei era ormai così vecchia e stanca.

Come sarebbe finita quella sua povera nipote?

Qualche giorno dopo anche Angela passò a trovare la nonna.

«Buongiorno, come avete passato la giornata?», le chiese la giovane sedendosi su una seggiola di fianco al letto.

Ormai non veniva più tutti i giorni come una volta. Come era sciupata, tutta scarmigliata e così pallida, gli occhi rossi dal tanto piangere.

Non aveva preso da lei, non avrebbe mai pianto per un uomo.

Aveva seppellito il marito quando era giovane, e non si era più voluta risposare. Non ne voleva altri che comandassero in casa sua.

La nipote che più le assomigliava era Ida.

Dura come il ferro davanti alle avversità. Aveva capito presto come lei che questa vita non regala niente. Stringere i denti e andare avanti, senza una lacrima.

Fare il proprio dovere, sempre.

Invece Angela si era persa dietro l'amore. Che sentimento inutile. Faceva solo soffrire e rendeva deboli.

«Come vuoi che vada?», le rispose. «Ormai sono obbligata a letto tutto il giorno. Spero solo che la morte mi prenda presto».

«Che dite? Sarei persa senza di voi. Inoltre è giusto che vi riposiate dopo tanto lavorare per la famiglia. Se i vostri figli hanno qualcosa, è solo merito vostro».

«Come stai tu, invece? Il lavoro come va?»

La giovane abbassò gli occhi, con una mano accarezzava la coperta che copriva le gambe della nonna.

«Non è certo un segreto cosa mi uccide giorno per giorno. La mia famiglia non mi permette di sposare l'uomo di cui sono innamorata. Anche il prete ci si è messo di mezzo. Mai che si faccia gli affari suoi. Peggio di una comare è diventato», rispose la nipote rabbiosa.

«Angela, non ti permettere di parlare così di don Attilio. Lui si intromette, perché prova affetto nei tuoi confronti. Come i tuoi genitori».

Sempre con gli occhi puntati sulla coperta, la giovane ne strinse un lembo maltrattandolo.

«Belle parole. Se mi volessero così tanto bene, non

mi ostacolerebbero. Adesso delle malelingue dicono che lui si è fidanzato con una di Milano. Non ci credo. Se anche fosse vero, lo ha fatto perché sua madre lo ha costretto. Poveretto, è pieno di debiti per la sua casa. Quella è ricca, gli porterà certo una bella dote. Ma anche la mia lo è, perché non posso essere io sua moglie? », sussurrò testarda.

«Angela, dimenticalo, è meglio. Non è fatto della tua stessa pasta».

«Non fate altro che ripetermelo. Che significa? L'amore è al di sopra di tutto».

«Ti evita, ride di te con i suoi amici. Perché continui a umiliarti? Lascialo perdere».

«Non posso, lo amo».

«Ma lui non ama te».

«Non è possibile. Perché se questo fosse vero, impazzirei».

Dopo queste ultime parole, lasciò con uno strattone la coperta, si alzò e girò le spalle al letto.

«Ho sentito che avete promesso a mio cugino di aiutarlo economicamente per continuare negli studi. A me cosa date?»

Per un lungo attimo l'anziana donna non seppe cosa rispondere. Non si aspettava questa richiesta.

Angela non si era mai permessa di chiederle dei

soldi, doveva essere veramente disperata. Forse pensava che accrescendo la sua dote, lui avrebbe cambiato idea.

Doveva togliersi subito questa fantasia dalla testa.

Le rispose quindi con voce decisa, «Non ti darò niente. Sarebbe solo la tua rovina. Vuoi forse comperarti uno sposo? Non puoi affidare il tuo destino a un marito e pretendere che questi faccia la tua felicità. Non funziona così. Hai visto tua sorella Ida che fine ha fatto? Se vuoi andare avanti nella vita, rimboccati le maniche, come ho fatto io, e datti da fare, senza far affidamento su nessuno. Si deve camminare, crescere e migliorare la propria sorte senza appoggiarsi a nessuno. Follia sperare che qualcuno lo faccia per noi. È questo che ci rende libere».

«Che ne volete sapere voi, nonna? La vita non può essere solo duro lavoro. È tanto altro. Me lo sento, lo so di sicuro».

L'anziana donna sospirò scoraggiata. Angela non aveva ascoltato una sola parola.

«Tu bada a fare la brava. Hai capito?»

Un singolo singhiozzo uscì da quelle giovani spalle mentre se ne andava senza salutare.

«Che fai Angela?»

La domanda le arrivò come una scoppiettata alle spalle.

Dietro di lei c'era don Attilio, che la guardava preoccupato.

«Nulla», mormorò, riportando lo sguardo sull'entrata che stava fissando da più di un'ora.

«Chi stai aspettando?»

«Nessuno, sto riposando un momento prima di tornare a casa».

«Non dire bugie, quella è la casa del dottore».

Se lo sa, perché chiede?, pensò Angela irritata.

«Anche se fosse? Non sono affari suoi», rispose sgarbata.

Il prete la fissò sconcertato. La ragazza non si era mai permessa di essere maleducata con nessuno. Doveva essere veramente impazzita per rivolgersi con quel tono al suo parroco.

Quella sera era uscito con l'intenzione di parlarle. Voleva aiutare quella povera ragazza e la sua famiglia. Ormai erano sulla bocca di tutto il paese.

Non l'aveva trovata a casa, aveva immaginato di trovarla lì.

Da qualche tempo Angela strisciava come

un'ombra dietro a Emilio. Scappava via dal Martinetta alla fine del suo turno di lavoro, scansando le amiche che tentavano di trattenerla. Queste la compativano per il suo amore disgraziato.

A lei non importava.

Si nascondeva dietro gli angoli o i portoni delle case, arrivando senza fiato dopo una corsa tra i campi. Aspettava lì, spiandolo quando si fermava a parlare con qualche passante.

«Lascialo perdere, si è fidanzato».

«Non è vero. Lui ama me». Continuava a ripeterlo, al prete, alla sorella, alla madre, alla nonna… ma ormai non ci credeva nemmeno lei. Però la gelosia la tormentava, aveva bisogno di ulteriori prove.

«Ti ha preso in giro, torna a casa. Dimentica questa pazzia, sposa quel bravo giovane di Rescaldina. Ti piglia ancora, se smetti di dare scandalo. Ti prometto che ci parlo io con lui e i suoi genitori».

Angela abbassò lo sguardo. Era così stanca. Le tempie le pulsavano di continuo. A volte le sembrava di sragionare e di avere delle allucinazioni. Le pareva di sentire sussurri alle sue spalle che la deridevano e criticavano. Ma quando si voltava non c'era mai nessuno. Stava forse impazzendo?

Aveva ragione il parroco. Dimenticare e

ricominciare da capo, magari lontano dalla Manera e Lomazzo. Non vederlo più.

No, impossibile. Troppa la vergogna e la rabbia. Contro se stessa, perché era stata così ingenua. Contro la famiglia e il paese, perché l'ostacolavano. Contro tutti, ma mai contro di lui.

«Non posso, don Attilio. Lui ha promesso di sposarmi. Deve dirmelo in faccia che si sposa con un'altra. Guardandomi diritto negli occhi».

«Povera figlia mia, non lo farà mai».

«Allora io rimango qui e lo aspetto. Deve dirmelo in faccia…».

«È tardi. Vai a casa», la supplicò ancora una volta.

Ma lei era sorda alle preghiere. Alla fine lui si arrese e la lasciò lì, come un fantasma di un amore mai nato.

Clementina e Serafino sedevano al tavolo della cucina. Uno davanti all'altro, muti. Non c'era bisogno di altre parole, il tormento era comune.

Ormai si erano già detti tutto. Erano in attesa di un'unica speranza, che si annunciò con un frettoloso bussare.

«Avanti, *Sett 'e mezz*! Finalmente siete arrivato».

«Sono corso appena ho potuto», rispose l'uomo,

facendo un cenno di ringraziamento per il bicchiere di vino che Clementina gli aveva messo davanti.

«Voi ci dovete aiutare. Abbiamo bisogno di trovare un marito per nostra figlia».

«Per questo motivo mi avete convocato? », rispose sgarbato il sensale.

I genitori supplici erano protesi verso di lui che si tirava indietro, quasi pronto a scappare.

«Che volete da me?», ripeteva questi sbuffando. «Che ci posso fare oramai?»

Clementina gli prese una mano per trattenerlo.

«Ha una ricca dote ed è una brava ragazza. È una grande lavoratrice».

«Impossibile. Nessuna suocera la vuole più in casa sua come nuora. Avete aspettato troppo. Prima c'erano dei bei pretendenti, ma voi avete voluto rimandare, volevate qualcosa di più per la vostra figliola. Ora non la vuole più nessuno. Sta dando troppo scandalo in paese».

Il sensale si alzò, bevve il restante vino tutto di un fiato, e buttò lì come commiato, «Non può più essere. Le chiacchiere sono il motore del mondo. Non c'è più nulla da tentare per la vostra povera figlia».

Poi se ne andò, lasciandoli soli con la loro disperazione.

Angela non era mai mancata alla prima messa del mattino, sempre tra le prime ad arrivare.

Adesso era già lì all'alba, quando il sacrestano apriva le porte della chiesa.

Voleva pregare solitaria davanti alla Madonna per implorare di farle la Grazia.

Le accendeva ogni mattina un cero, perché la sua supplica arrivasse più in fretta al cielo.

S'inginocchiava sul freddo marmo, le mani giunte sul cuore, consumandosi gli occhi dal pianto.

Ave, Maria, grátia plena,
Dóminus tecum.
Benedícta tu in muliéribus,
et benedíctus fructus ventris tui, Iesus.

Madre di tutti noi.
Fallo tornare da me.

Madonnina cara, abbi pietà di me!
Fammi la Grazia.
Convinci i nostri genitori a dire di sì al matrimonio.

Poi arrivava don Attilio dalla sacrestia. Si dirigeva verso l'altare, vestito dei paramenti sacri, pronto a celebrare la funzione.

Le rivolgeva uno sguardo pietoso, che lei ricambiava con uno cattivo.

Lui era complice delle famiglie nell'avere rovinato la sua intera esistenza.

Perché si era voluto impicciare?

Era tutta colpa sua.

Solo sua.

Le pareva di leggere sul suo volto l'indifferenza alla sua disgrazia, mentre era solo pietà.

La famiglia e i suoi compaesani la ritenevano matta?

Allora ci prendeva gusto a esserlo davvero!

Drappi rosso fuoco le calavano sulle palpebre.

Parole empie eruttavano dalla sua bocca.

Il corpo tremava come percorso da una scossa sismica.

Lasciava che una furia terrificante s'impossessasse di lei, mentre urlava insultando il parroco.

Mani compassionevoli le stringevano le braccia per strapparla da quel luogo votato all'Amore più sacro e al silenzio.

Ombre indistinte si muovevano nella notte.

Erano donne che andavano al forno per ritirare le loro forme di pane cotte. C'era già un capannello mormorante nella corte in attesa del proprio turno. Chiacchieravano tra di loro, lamentandosi dei tempi tristi, delle tasse sempre più gravose e dei figli che continuavano a nascere.

L'argomento principe oggi però era Angela.

Una vicina l'aveva spiata il giorno dell'addio di Emilio.

La notizia era corsa per tutto il paese.

Fino a quel momento se ne era solo bisbigliato nella penombra delle case.

Ma la ragazza dava spettacolo ogni mattina in chiesa, quindi ora la notizia era di pubblico dominio e veniva commentata anche nelle corti.

«*Mi dispiase per quela tusa,* è sempre stata tanto brava e di casa. L'amore fa brutti scherzi», incominciò una, vedendo un lume alla finestra di Angela.

«Come poteva pensare che un dottore la sposasse? », ribatté una seconda.

«Perché no? Con il fascismo i tempi sono cambiati. Lei poi ha una ricca dote. È sveglia e anche così bellina», rispose la prima.

S'intromise una sposa novella, invidiosa della stima che tutti avevano per la ragazza.

«Si è montata la testa. Si sa, chi vuole volare troppo in alto, prima o poi cade. E poi, *nun se piglia se nun se somiglia.* I proverbi non sbagliano mai. Cosa avevano in comune quei due? Niente! È un forestiero, e per di più istruito. Doveva scegliersi uno come noi ».

Continuò per quella strada, felice di poter scaricare il suo livore.

«Ma chi si crede di essere? Voleva andare a vivere in villa! Con una ricca dote da portare al suo bel medico, così da non sfigurare. Voleva fare la signora! Adesso paga per le sue idee di grandezza», finì facendosi una gran risata.

Ma era l'unica a ridere, le altre erano rimaste in silenzio guardandosi i piedi.

Non si era accorta che alle sue spalle era arrivata Clementina.

«Che hai da dire su mia figlia?»

«Nulla, non ve ne adombrate. Mi dispiace per lei, le ero amica».

«Che affezionate compagne si ritrova Angela, che le sparlano dietro. Va là, che sei sempre stata invidiosa di lei. E ora non ti par vero di poter malignare».

«Dico solo quello che ripete il paese. Non c'è bisogno di essere così sgarbata».

Clementina non la degnò di una replica, ma le mollò un ceffone.

«Questo portatelo a casa, che ne prenderai altri da quel bel tomo di tuo marito. Siete sposati da pochi mesi, e già ti fa le corna con tutte le battone della zona. Bada ai panni sporchi in casa tua, e non mettere il naso nelle faccende della mia famiglia. Hai capito?»

La sposa non era donna da lasciarsi mettere le mani in faccia da un'altra, anche se questa era più anziana. Prese un secchio d'acqua lì accanto e glielo tirò addosso.

Quella mattina il gallo poté risparmiarsi il suo canto. La corte venne svegliata dalle urla delle donne.

Gli uomini uscirono in braghe per vedere cosa stava succedendo. Ma quando appresero l'accaduto, se ne ritornarono a letto.

Quella *era roba de donn*, non ci dovevano mettere bocca.

O sarebbero usciti i coltelli.

Clementina non sapeva più a che santo votarsi.

Il marito la supplicava di avere pazienza. La suocera le consigliava di mandare Angela via dal paese. La figlia maggiore le sussurrava di ricoverarla in manicomio.

Aveva provato di tutto, ma non era riuscita a farla tornare in sé.

Non le rimaneva che chiedere consiglio a don Attilio, il padre spirituale di tutto il paese, l'unico che prendesse sempre le loro difese. Trovava sempre una parola buona o un consiglio da fornire a chi ne avesse bisogno.

E in questo momento lei ne aveva così tanta necessità.

«*In nomine Patris et Filii et Spiritus Sancti*. Ditemi figliola».

«Beneditemi, padre, perché non so più cosa fare».

«Che cosa vi turba, Clementina?»

«Angela non la riconosco più. Da quando quello là si è fidanzato, è diventata triste e taciturna. Si è lasciata andare, in casa trascura le faccende. Anche al lavoro va di malavoglia, lei che era così stimata. Passa il suo tempo seduta silenziosa, cogli occhi fissi a terra. Oppure appoggiata al muretto fuori casa, ad aspettare che il *dutur* passi per la via».

«Deve darle tempo. È una *tusa* giovane e innamorata, vedrà che presto le passerà la mattana».

Clementina abbassò gli occhi angosciati.

«Poi è sempre arrabbiata, per un nonnulla scatta. Inveisce contro tutto e tutti».

«A questo proposito, Clementina, vi vorrei chiedere di impedire alla vostra figliola di venire alla messa. Urla e disturba la messa. Solo fino a che non ritorna in sé».

«Mi scusi, padre. Non so più cosa fare con lei. In che cosa abbiamo sbagliato?»

«Voi avete fatto il vostro dovere di genitori. Il dottore non andava bene per lei. Non vi preoccupate. Vedrete che tornerà a ragionare, dovete avere solo pazienza».

«Ma i paesani mormorano, sparlano di noi, giudicano la sua condotta».

«E voi lasciateli parlare, che vi importa?»

«M'importa, sulla mia famiglia nessuno ha mai avuto niente da dire. Mentre adesso siamo sulla bocca di tutti. Mio marito farnetica tutto il giorno che la darebbe in sposa a chiunque, ma ormai nessuna la vuole più», sussurrò chinando la fronte verso terra.

«Ditemi padre, il mal d'amore si può curare in manicomio? Non è una forma di follia? Questa mia figlia sta uscendo pazza. Forse il suo posto è lì ora».

Che dirle? Non c'erano parole per confortare una madre.

«Portate pazienza, Clementina. Pregherò per voi.

Ego te absolvo a peccatis tuis in nomine Patrs, et Filii, et Spiritus Sancti. Amen.

Va' in pace nel nome del Signore».

Ombretta

Novembre 2017

Da quando sono tornata dalla Grecia non ho più un reddito decente. È ormai raro che qualche rivista mi commissioni un articolo. Però sono diventata bravissima a trovare lavori che durano un paio di settimane. Una sostituzione in un negozio, fare la baby sitter per il figlio di un'amica. Sopravvivo dei risparmi messi da parte in passato.

Non sto nemmeno cercando nulla, sono in una fase adolescenziale decisamente in ritardo sul rullino di marcia della mia esistenza.

Tra un impiego e l'altro gironzolo in bicicletta per la città. Frequento biblioteche per le mie ricerche, mi sposto in treno tra Milano e Lomazzo.

Mi piace questa mia fase bohémienne, non sono nemmeno tanto preoccupata per il futuro. Ora ho tempo in abbondanza per scrivere, anche se dedico la maggior parte del tempo alle indagini su Angela ed Emilio.

Vivo la loro vita, e lascio alla mia il tempo di ritrovarsi.

Sto cercando di comprendere qualcosa di più su chi

era in realtà Emilio. Anche se solo per un breve momento, è stato innamorato di Angela?

Mi piacerebbe trovare una sua fotografia per leggere attraverso gli occhi la sua anima.

Continuo a indagare su di lui per trovare altri particolari.

Quando ho ricevuto il suo albero genealogico dall'Archivio di Lugano, era segnata una data importante, quella del suo matrimonio: 20 aprile 1938.

Il giorno in cui s'infranse il sogno di Angela.

Posso solo immaginare la sua sofferenza quando lo scoprì. Umiliata, offesa, tradita.

Lo sposalizio era stato celebrato nella Basilica di S. Vittore al Corpo a Milano con una signorina benestante di origini austriache, di cinque anni più anziana di lui.

Ho chiesto un appuntamento con l'archivista per consultare i registri di Matrimonio. Questa volta il permesso mi è stato accordato in breve tempo, e oggi mi sono così recata in archivio.

Fotografo il certificato, le firme dei novelli sposi, quella dei testimoni (i fratelli di entrambi).

Il motivo per cui è stata scelta questa basilica, è che la sposa abitava in zona. L'archivista mi consiglia di andare a visitare l'edificio.

Fuori dal palazzo c'è una colonnina con scritta la storia della casa.

[...] Le Domus costruite da Gio Ponti tra il 1931 e il 1933 di via De Togni, Julia, Carola, Fausta, sono pensate per creare, allineate, un unitario paesaggio stradale: un tratto di strada moderno, colorato all'italiana (facciate ocra, verde, mattone, rosso).
Nelle Domus le facciate hanno logge o balconi, e gli appartamenti hanno innovazioni in pianta (servizi concentrati e ridotti, per aumentare lo spazio di soggiorno; armadiature e attrezzature built-in, per liberare lo spazio dai mobili), innovazioni pensate per entrare negli usi dell'abitare comune: elementi da adottare come termini dell'edilizia di una felice città futura. [...]

Emilio aveva fatto un buon matrimonio dal punto di vista economico. All'epoca in quella casa ci abitava esclusivamente l'alta borghesia milanese.

Un'altra domanda che mi sono posta è quale fosse il suo pensiero politico. In quegli anni era importante decidere sotto quale bandiera combattere.

Non ho trovato risposte certe.

Da alcuni indizi ritrovati, devo ammettere molto

superficiali, ho ipotizzato che sia lui che la famiglia simpatizzassero per il partito nazifascista.

Il pensiero mussoliniano si era presto diffuso all'interno della colonia italiana nella nazione elvetica, partendo da un primo gruppo fondato a Lugano nel maggio 1921.

La moglie di Emilio era di origine austriaca. Inoltre, suo fratello aveva sposato una donna tedesca.

La famiglia d'origine continuò a vivere in Svizzera.

Un mio testimone dell'epoca sostiene che il dottore, dopo il matrimonio, partì come volontario per la campagna d'Africa.

Non ho altre prove certe su questa informazione, ma di sicuro sparì anche lui dal paese durante quegli anni.

Nel 1938 voci della guerra imminente stavano arrivando anche a Lomazzo e nelle zone limitrofe.

Gli uomini temevano di essere richiamati da un giorno all'altro, era ancora fresco il ricordo della Grande Guerra.

Sarebbero stati obbligati a lasciare le terre e le loro famiglie.

Maggior lavoro per le donne, ma queste avevano le spalle larghe, erano abituate fin da piccole alla fatica.

Avrebbero superato anche questa sciagura.

Il Fascismo era arrivato in paese con le sue camicie nere. Al posto del sindaco era stato nominato un podestà. Cambiato il titolo, la persona che ricopriva la carica era rimasta la stessa.

Con la guerra poi sarebbe arrivato il razionamento dei viveri, ma per chi era povero non cambiava molto. Poco cibo prima, lo stesso durante il conflitto.

Le incursioni aeree avrebbero toccato le città, nei paesi sarebbero arrivati gli sfollati a raccontare le atrocità della guerra.

Tra i contadini, si discuteva di grano e stagioni. Non avevano tempo per la politica, quella non riempiva la pancia dei figli.

Diverso era per i signori del paese. Chi possedeva qualcosa, doveva decidere da che parte stare.

Si parlava di politica nei salotti e nei caffè d'Italia. Conveniva diventare fascisti, oppure era meglio stare a guardare l'evolversi del movimento, seguendo l'esempio della famiglia Savoia, che non aveva ancora preso posizione?

Camicie nere e gagliardetti dappertutto, dalla scuola alla piazza principale.

Addirittura da Lomazzo per la campagna d'Africa nel 1935, erano partiti ben trentotto soldati. Trentatré, meschini, richiamati, e soltanto tre volontari fascisti.

Perché Emilio sarebbe allora dovuto partire come volontario?

Si era appena sposato, era di nazionalità svizzera, quindi non era obbligato ad arruolarsi.

L'ipotesi più probabile è che volesse cambiare aria.

A causa di Angela che gli stava sempre dietro, oppure perché sperava che avrebbe giovato alla carriera?

C'è una seconda teoria. Lo stesso testimone mi confidò che il matrimonio del dottore fu sin dall'inizio infelice. Non c'era affetto tra i due coniugi, e nemmeno simpatia.

Forse Emilio voleva solo allontanarsi per mettere ordine nella sua vita.

La sua partenza potrebbe quindi essere la risposta a tutte queste mie teorie, o anche a nessuna.

Forse non lo scoprirò mai.

Angela

Marzo 1938

«Un caffè corretto», ordinò Emilio al cameriere. Si trovava al circolo del Fascio, sprofondato in una logora poltrona di cuoio a leggere le ultime notizie sul *Popolo d'Italia*.

Aveva iniziato a frequentarlo fin dalla sua inaugurazione. Lì si radunava tutta la gente che contava in paese.

«Buongiorno mio caro. Come va?», lo salutò il veterinario, anche lui assiduo frequentatore del locale.

«Bene, grazie. E lei?»

«Bestie malate non mancano mai, quindi non mi lamento», rispose ridendo questi, lasciandosi cadere su una poltrona lì vicino, mentre faceva cenno al cameriere di portargli il solito aperitivo.

Si frequentavano solo al circolo, dove scambiavano qualche impressione sul lavoro in provincia o sulla politica.

Emilio abbandonò volentieri la lettura del suo giornale per scambiare qualche notizia.

«Ha letto di Mussolini che entra in guerra in Africa al fianco di Hitler? Che ne pensa?», gli domandò il veterinario, dando un'occhiata alla prima pagina del quotidiano abbandonato sul tavolino.

«È una mossa politica intelligente, cosi non rimaniamo indietro. Noi Italiani dobbiamo essere presenti al tavolo di comando. Dopo la batosta della Grande Guerra, dobbiamo far vedere quanto valiamo», rispose Emilio, sperando che il collega non gli facesse notare che lui era di nazionalità svizzera.

Ma l'altro andò avanti con il suo ragionamento.

«Sto pensando di andare come volontario. Di ufficiali veterinari c'è sempre bisogno. E poi non è troppo pericoloso per un medico nelle retrovie. Il fascismo è il futuro, e nelle campagne militari si formano proficue relazioni e alleanze. Vegetare qui in provincia certo non aiuta la carriera. Perché non viene anche lei?»

Emilio trattenne un sorriso immaginando il suo grasso collega al lavoro sotto il sole africano.

All'idea però ci stava già pensando, anche se espresse alcune obiezioni per discuterle con il conoscente.

«Mi sono appena fidanzato, e ho una villa in cantiere ancora da pagare».

«Appunto! È il momento giusto per fare delle scelte importanti. È ancora all'inizio della sua professione, non ha una grossa clientela, e certo la sua fidanzata può aspettare. Inoltre ho sentito diversi pettegolezzi su di lei e un'operaia del posto, le farebbe bene cambiare aria», insinuò mellifluo il veterinario.

«Non c'è nulla di vero!», lo interruppe piccato Emilio.

«Che ci sarebbe di male? Complimenti, è una bella ragazza. La conosco di vista».

«Una storiella da niente. Quella ha perso la testa per me, e le pettegole di paese hanno gonfiato l'accaduto», rispose sempre più seccato Emilio. «Come le ho appena detto, sono fidanzato, non faccio colpi di testa».

«Suvvia, non la prenda dal verso sbagliato. Come se essere impegnati ci rendesse meno maschi... Le volevo solo dire che però i pettegolezzi, veri o falsi che siano, non piacciono al partito. Vedo però che non vuole ascoltare. La saluto e la lascio al suo giornale».

Si alzò per dirigersi verso un conoscente appena entrato.

Emilio non ce la faceva più a sopportare tutte quelle chiacchiere.

Ma non era solo quello. In strada sentiva gli occhi di Angela sempre fissi sulla sua schiena, anche quando lei non era presente.

L'aveva vista qualche giorno prima, appena in tempo per sfuggirle. Come era diventata magra e pallida, si era fatta pure brutta.

Anche alla sua fidanzata era arrivata qualche voce l'ultima volta che era venuta in paese con la futura suocera.

Chiacchiere di comari, continuava a ripeterle, ma qualche dubbio lo vedeva nei suoi occhi.

Forse aveva ragione il veterinario, era meglio andarsene per un po' dal paese, anche se preferiva sposarsi prima di partire volontario. Ormai mancavano poche settimane al matrimonio.

La guerra era alle porte, ed essere dalla parte giusta della barricata in quei giorni era di primaria importanza per fare un balzo in avanti nella carriera.

Ne aveva già parlato con Anna Maria e la famiglia, ed erano tutti d'accordo.

Avrebbe fatto richiesta di partire come volontario per la campagna d'Africa.

Lontano da quegli occhi infelici che lo perseguitavano ormai anche nei sogni.

Con la sua partenza le voci si sarebbero acquietate

da sole.

Gli eventi però precipitarono.

Angela ormai non ragionava più, Emilio era diventato la sua ossessione. Più lui la sfuggiva, più lei si ostinava a stargli dietro.

Si era fissata che il paese intero fosse contrario al loro amore, e senza di lui sarebbe morta di sicuro. Ma di questo poco le importava.

Dopo un'altra notte insonne in compagnia dei suoi pensieri tormentati, la giovane donna decise che era arrivato il momento di passare a una azione drastica.

Quella notte si sarebbe recata a casa sua per scongiurarlo di tornare insieme. Si sarebbe anche umiliata, fino a gettarsi ai suoi piedi. Avrebbe accettato tutto, anche di vivere nel peccato.

Si alzò dal letto in silenzio e si vestì al buio. Scese le scale tenendo le scarpe in una mano. Prese la porta e corse verso Lomazzo.

Sapeva che Emilio da qualche settimana viveva lì con la madre, si era subito trasferito al termine dei lavori.

Arrivò senza fiato alla villa, aveva corso per tutta la strada. Trovò il cancello sprangato.

Si attaccò al campanello, all'inizio nessuno rispose. Solo dopo diversi squilli si accese una luce dentro la casa.

Uscì dalla porta una donna scarmigliata, «Chi è? Cosa succede?»

«Emilio, sono io. Vieni fuori, voglio parlarti».

«Vattene svergognata, lascia stare mio figlio. Stai provocando scandalo a noi e alla tua famiglia. Tornatene a casa!»

Angela non volle sentire ragioni. Urlava, tirava sassi sulla cancellata.

«Emilio! Per favore esci. Ti devo parlare!»

Le case intorno si illuminarono, e le persone uscirono in strada per vedere cosa stesse succedendo.

Alla fine anche lui si mostrò e raggiunse la madre, sperando così di evitare lo scandalo. Appena Angela lo scorse, si gettò in ginocchio in lacrime torcendosi le mani, mentre gli gettava in faccia il suo dolore.

«Perché ti comporti così? Mi eviti come se fossi un'appestata. Che ti ho fatto? Ho diritto a una spiegazione. Perché non mi ami più?»

Lui stette zitto.

«Mi hai fatto intendere che mi volevi bene, mi hai portato nella tua villa».

«Non le ho mai fatto promesse. Che colpa ho io se lei si è fatta delle illusioni?»

«Vigliacco!», gli urlò in faccia la meschina. «Ti svergogno con la tua fidanzata. Poi vediamo se ti piglia ancora!»

Per non dare più spettacolo, Emilio con l'aiuto della madre riuscì alla fine a farla alzare e a trascinarla in casa.

Le fece bere del bromuro per calmarla. Quindi mandò la serva a chiamare i genitori di lei.

Questi arrivarono di corsa, vergognosi per il comportamento della figlia.

La madre del dottore, al loro apparire, iniziò a dare in smanie.

«È uno scandalo, cosa penseranno i vicini? Mio figlio ha una posizione, una fidanzata. Non ti vergogni sciagurata? Ma non finisce così, chiamo i carabinieri!»

Angela ormai muta, si era accasciata su una sedia. Non le interessava più niente, solo il suo Emilio davanti a lei.

«Per favore, non ci rovinate. È impazzita, non ragiona più. Abbiate compassione di noi. Cosa possiamo fare?», supplicava umiliato il padre.

«Internatela in manicomio», rispose tranquillo Emilio.

Si voltarono tutti impietriti verso di lui.

Il dottore sorrise ad Angela, mentre esponeva la sua soluzione al problema.

«Ci penso io. Certo non posso firmare le carte, cosa penserebbe la gente? Mi rivolgerò a un collega e amico di Cirimido».

Scrisse su un foglietto un nome e un numero di telefono.

«Ditegli che vi ho mandato io», sussurrò alla madre della giovane, infilandoglielo quasi a forza nei pugni serrati.

«Non vi preoccupate, è solo una soluzione temporanea. Finché non le ritornerà la ragione».

La sua ipocrisia fu per Angela come una scossa elettrica.

Scattò in piedi, bianca come un fantasma, gli occhi rossi dal gran piangere.

Puntò tre dita verso l'uomo, e gli sputò in faccia la sua rabbia.

«Ora che non ti servo più per i tuoi capricci, mi vuoi spedire in manicomio. Lontana dagli occhi della tua morosa e dai pettegolezzi della gente. Dici che per te non sono mai stata nulla. Ma io ricordo le promesse che mi sussurravi nei prati dove ci incontravamo. Maledico questa casa. Queste mura dove mi promettevi felicità, siano ora per te solo fonte di dolore e preoccupazioni. Maledico te e la tua promessa sposa, e i figli che arriveranno. Che non troviate mai gioia in questa vita, ma solo morte e tribolazioni».

«Angela, che stai facendo? È peccato mortale», le urlò il padre spaventato dalla sua maledizione.

La voce paterna spense il suo furore.

Si accasciò di nuovo sulla sedia.

Il padre le prese gentile la mano per aiutarla ad alzarsi. Se ne andarono senza salutare nessuno.

Clementina li seguì con il foglietto ancora stretto tra le dita.

Uscirono per sempre dalla villa e dalla vita di Emilio, chiudendosi il cancello dietro alle spalle.

Qualche giorno dopo questo episodio, il medico e sua madre fecero i bagagli e sparirono dal paese senza salutare nessuno.

Qualcuno diceva che fossero partiti per Milano, altri per Lugano.

Altri ancora sostenevano che si fosse arruolato.

Si scoprì poi che aveva affittato la sua bella villa a un collega.

Angela divenne pazza dal dolore quando le arrivò

la notizia della fuga di Emilio.

Piangeva disperata ogni notte mordendo il cuscino per tacitare le urla nel silenzio della camera.

Non soffriva solo per lui, ma anche perché si vedeva rigettata nella sua solita esistenza, senza più nessuna speranza di un futuro migliore.

Non era riuscita a tenerselo stretto.

Continuava a ripetersi che se solo la sua famiglia l'avesse aiutata, o don Attilio gli avesse parlato, avrebbero potuto avere una vita felice insieme.

Invece tutti le avevano cospirato contro.

Sentiva i loro occhi pesarle sulle spalle mentre la osservavano, si arrabbiavano, minacciavano di chiamare il medico. Odiava le loro voci continue in sottofondo.

Alla fine non le importò più di nulla.

Perché alzarsi la mattina?

Davanti aveva solo una lunga giornata da riempire di momenti senza il suo Emilio.

Di malavoglia si lavava e vestiva. Le era indifferente cosa mangiava o beveva, non ne sentiva quasi la necessità.

L'unico suo desiderio era di appoggiarsi al muretto davanti a casa, il solo che comprendesse il suo tormento. Poi lasciava vagare lo sguardo indifferente sulle ombre che le passavano davanti.

Dopo un po' non avvertì nemmeno più il bisogno di piangere. Ormai aveva versato tutte le sue lacrime.

Aspettava solo la notte per infilarsi sotto le coperte, chiudere gli occhi e sognare lui e la vita che avrebbero potuto avere insieme.

Nel suo mondo onirico Emilio tornava indietro e la portava via con sé.

Solo la luce di una candela sfiorava i suoi fantasmi notturni.

Poi si svegliava, stava male di nuovo, perché tutto questo era solo una sua fantasia.

I suoi genitori alla fine si arresero, chiamarono il medico di Cirimido amico del dottore. Questi, quando la vide, scosse la testa.

«Ha una sindrome psico-nevrotica. Non c'è soluzione. È meglio farla ricoverare al Manicomio di San Martino. È solo per il suo bene».

Dott. ......

Medico Chirurgo – Ufficiale Sanitario
Lomazzo Cirimido (Como)
Tel. 96.75.44

Richiesta di ricovero d'urgenza in ospedale psichiatrico
per Angela ... di Serafino e Clementina ... nata il 27
Luglio 1910, residente a Manera di Lomazzo in via ....
... .
È ritenuta pericolosa per sé e per gli altri, in seguito a
c r i s i   c o n f u s i o n a l i   e   n e r v o s e

<u>Ombretta</u>

Gennaio 2018

Sono stata due volte al manicomio San Martino di Como. La prima quando ero una bambina, la seconda in compagnia di Anna, una sua ex caposala.

Ho trovata quest'ultima attraverso Facebook. Le ho così scritto un'email raccontandole la mia ricerca su Angela con allegato una foto di lei.

Mi ha risposto subito. Quando ha visto la sua immagine, ha avuto un flashback. Per un attimo l'ha ritrovata nella sua memoria, già anziana e sbiadita comparsa nella grande tragedia manicomiale.

Ci diamo appuntamento al capolinea della stazione di Como Lago Nord.

Salgo sulla sua utilitaria, meta l'ex manicomio di San Martino.

Oltrepassiamo un cancello, per proseguire poi lungo un viale alberato fino al corpo centrale dell'ospedale.

L'area dove è situato l'ex ospedale psichiatrico è su una verdeggiante collina circondato da un alto muro dove ci sono edifici immersi nel verde, con fontane e giardini ormai in stato di abbandono. All'epoca c'era anche un orto, il pollaio, la sartoria, la lavanderia. Insomma, una piccola cittadella completamente autonoma isolata dal mondo.

Anna mi illustra i vari padiglioni, ormai quasi tutti abbandonati. Solo alcuni di essi sono stati riqualificati: un bar, la sede della redazione *"Oltre il Giardino"*, un hospice e poco altro.

Appariva idilliaca guardandola dall'esterno, era invece l'anticamera dell'inferno per chi vi entrava.

Ora è solo lo spirito dolente di quel cupo periodo.

«Qui c'erano gli uffici», Anna indica un bel palazzo con una scalinata, «Quella villetta invece era la casa del direttore».

Giriamo l'angolo, «Questo te lo ricordi di certo. Era il parlatorio femminile. Quando sei venuta da bambina, sei entrata da quella porta».

Non ne ho memoria. Ho solo degli sprazzi di quella giornata: l'interno del parlatorio, uno studio medico, il parco con i suoi ospiti.

Passeggiamo nei vialetti. Nell'edificio centrale c'è un portone aperto, da dove si scorge un lungo corridoio con una lunga fila di stanze chiuse. Mi vedo bambina camminare lì dentro. Da una di quelle porte si accedeva allo studio del medico curante di Angela.

La ex caposala conferma il mio ricordo e mi invita a entrare per dare un'occhiata. Non ce la faccio. Sento ancora l'odore della paura di cui sono impregnate le pareti.

Risaliamo in auto, mi regala una visita guidata mentre usciamo da un'altra parte.

Ci fermiamo in una pizzeria lì vicino.

Tra un boccone e l'altro mi racconta la sua storia.

«Ho lavorato in manicomio per trent'anni. Ho iniziato a ventiquattro anni come infermiera generica, per poi diventare psichiatrica, infine caposala. Nel 1973 ho chiesto il trasferimento a Villa Aurora, una clinica privata lontana dall'area dell'ospedale psichiatrico. Vi vennero trasferite circa ottanta donne che erano state dimesse e tenute lì in regime controllato».

«Come ti ha segnato la vita in manicomio?»

«Il lavoro quotidiano a contatto con il disagio e la sofferenza delle persone ha cambiato l'intera mia esistenza. Lo porti dentro di te per sempre. Ha lasciato un solco profondo nella mia anima. Sento ancora nel naso la puzza di sangue, sudore e merda che impregnava le pareti».

La guardo stupefatta, sono sempre stata convinta che quei luoghi fossero asettici.

Mi lancia uno sguardo amaro mentre continua con la sua spiegazione.

«Era un modo di dire che girava in ospedale a quei tempi. Il sangue rappresentava la sofferenza dei pazienti. Il sudore era la nostra e loro fatica. Mentre la merda rappresentava gli odori organici della malattia. Quella puzza ti entra nelle narici della memoria e non riesci più a dimenticarla».

Beve un sorso d'acqua. Poi riprende, «Per questo, anche se ora sono in pensione, m'impegno a mantenere viva la memoria delle donne del San Martino, perché le loro storie non vengano dimenticate».

La mia pizza si raffredda, sono troppo concentrata ad ascoltare i suoi ricordi.

Mi parla della vita delle internate, dei tanti casi seguiti, e poi di una in particolare.

«Silvia era stata rinchiusa al San Martino dalla famiglia, perché soffriva di epilessia. È sempre stata ritenuta una malattia scomoda, da tenere nascosta. In quegli anni avere una figlia che ne era affetta era un'onta, meglio non parlarne e nascondere *la persona imbarazzante* in manicomio».

Si ferma per masticare un boccone e si perde nei suoi ricordi. Poi riprende, «Silvia era della mia generazione, e ai miei tempi chi ne soffriva veniva rinchiuso in manicomio per poi essere dimenticato. Lei non aveva problemi mentali. Lavorava in lavanderia per guadagnare qualcosa e passare il tempo. Si gestiva in autonomia i farmaci prescrittigli dal medico. Conduceva una esistenza normale, solo che la viveva in manicomio. Dopo la legge Basaglia avrebbe potrebbe potuto essere dimessa, ma la sua famiglia non la voleva indietro. Alla fine le trovammo un monolocale fuori dall'ospedale. Poté realizzare il suo unico sogno, essere libera e autonoma. Finalmente viveva da sola in una casa tutta sua, dove si manteneva con la pensione sociale. Ora è morta, ma è ancora vivo il suo ricordo in me e in tante altre infermiere che l'hanno conosciuta. Una vita sacrificata sull'altare dell'ignoranza».

Al momento dei saluti, Anna mi consiglia di leggere un saggio dedicato al San Martino, *"Un Manicomio di confine"*[4].

---

[4] Gianfranco Giudice, **Un manicomio di confine. Storia del San Martino di Como**. intr. di V. A. Sironi, fotografie di G. Angri, editori Laterza (2009)

L'autore, Gianfranco Giudice, ha descritto nel suo libro gli orrori vissuti in quel posto. Ne ho trascritti alcuni brevi passaggi.

[...] Il manicomio provinciale San Martino di Como, di proprietà dell'amministrazione provinciale, venne inaugurato il 28 Giugno 1882.

Qui vennero convogliati non solo i malati di mente, ma anche gli emarginati e i poveri, a cui andavano aggiunti non pochi bambini abbandonati, per i quali il manicomio era l'unica alternativa al brefotrofio.

Non solo.

Vennero rinchiusi anche molti uomini e donne sani di mente, ma di "difficile gestione". Bastava che le famiglie non li volessero più in casa, e si prendeva la strada per il San Martino.

Le terapie utilizzate per riportare i pazienti alla ragione erano diverse e molto fantasiose, ma ritenute tutte molto valide nella cura della melanconia e dell'isteria, fino ad arrivare ai casi più gravi di pazzia. [...]

[...] Andavano dall'applicazione dell'acqua ghiacciata sul capo rasato, alle docce improvvise e ai bagni tiepidi. Senza dimenticare l'uso dell'olio di ricino e dei purganti in generale per favorire l'espulsione di quegli umori che si riteneva fossero la causa degli stati psicopatologici. Spesso veniva usata la camicia di forza, poi sostituita dalla cintura di cuoio.

Salassi, purganti, emetici e bagni, oltre all'uso dei sistemi di contenzione più duri nel caso si fosse dovuto far fronte ai cosiddetti malati "agitati", differenziati dai "tranquilli". [...]

[...] I manicomi diventavano sempre più luoghi di raccolta per emarginati, cronicari per una popolazione marginale sempre più numerosa, più che luoghi di cura per malati di mente.

Erano un luogo di scarico non solo delle famiglie, ma anche degli ospedali, dei ricoveri e delle carceri [...]".

[...] Rappresentava anche uno spazio neutrale in cui finirono internate e poi annullate tutte le donne che andarono contro i ruoli tradizionali della famiglia.

Venivano etichettate come "isteriche", cioè con un disturbo psichiatrico dell'umore. La maggior parte erano vergini, nubili, sterili o vedove.

Bastava quindi andare dal medico e farsi scrivere un certificato dove i "parenti difficili" venivano bollati come pericolosi per sé e gli altri. Controfirma del parroco del paese, del podestà o del comandante dei Carabinieri. [...]

La lettura del saggio ha reso più urgente il mio bisogno di entrare in possesso della cartella clinica di Angela, perché voglio sapere se anche lei dovette subire quei trattamenti. Tutto il mio lavoro di ricerca non avrebbe senso, se non riesco a leggerla.

Per adesso non ho fatto grossi passi in avanti nel

suo recupero, anche perché non conosco ancora la data esatta del suo internamento e, soprattutto, non so dove sono conservati.

Dopo la chiusura dei manicomi, i faldoni dei pazienti psichiatrici vennero trasferiti da una città all'altra, ma alla fine sono riuscita a ricostruire il loro percorso.

All'inizio mi fu comunicato che erano a Parma, così scrissi a diversi uffici per conoscere l'ubicazione esatta. Poi mi comunicarono che nel frattempo erano stati spostati in un'altra regione, però non sapevano (o volevano) dirmi quale fosse.

In qualunque caso, continuavano a ripetermi, avrei potuto accedervi solo con l'autorizzazione dell'ospedale S. Anna di Como, perché gli Archivi erano interdetti al pubblico.

Non avevo ancora ottenuto l'autorizzazione, ma continuavo testarda a cercarli. Ero convinta che quando li avessi trovati, avrei poi trovato anche il modo di poter consultare la cartella clinica di Angela.

Dopo alcuni mesi di ricerca, trovai casualmente online un articoletto dove si affermava che le cartelle psichiatriche fossero state trasferite a Lodi.

Ho scritto all'archivio storico lodigiano, sperando che loro possedessero maggiori dettagli sul luogo esatto dell'ubicazione. Mi risposero quasi subito.

[...] Il nostro istituto non conserva la documentazione relativa all'ospedale psichiatrico San Martino di Como. Attraverso una veloce ricerca on-line sono riuscita a recuperare qualche informazione circa le vicende di questa documentazione che l'Azienda sanitaria di Como ha depositato in outsourcing prima presso una ditta di Parma (...) e successivamente presso una ditta di Lodi (...), entrambe specializzate nel fornire servizi di gestione in esterno della documentazione di enti e aziende, sia pubbliche che private.
La documentazione dovrebbe quindi essere conservata a Lodi, ma non presso l'Archivio storico comunale, bensì presso la ditta XXX, di cui le allego i recapiti.
Generalmente però nei contratti di gestione esterna della documentazione è comunque l'ente produttore delle carte a mantenere la proprietà del materiale documentario e con essa tutti i diritti e doveri inerenti gli obblighi di accesso e consultazione della documentazione da parte dei cittadini. Di norma, quindi, dovrebbe essere l'ente produttore delle carte (l'Azienda sanitaria, nel suo caso) a fungere da intermediario tra Lei e la ditta che ha in deposito il materiale, anche perché eventuali problematiche o limiti legati alla tutela della privacy delle persone coinvolte (e trattandosi di dati sanitari il tema è

piuttosto sensibile) restano, per ovvie ragioni, in capo a chi ha la responsabilità della documentazione. Le consiglierei, pertanto, di provare con un nuovo tentativo di richiesta presso l'Azienda sanitaria per avere chiarimenti a riguardo.
Le lascio comunque anche i recapiti di ....., che potrà contattare per avere chiarimenti a riguardo (può essere che siano in essere accordi particolari tra l'Azienda sanitaria e il soggetto conservatore) [...].

Finalmente li ho trovati, ora devo solo ottenere l'autorizzazione.

Ho scritto così una nuova email alla paziente impiegata del Sant'Anna che da un anno riceve periodicamente le mie richieste, comunicandole che ho scoperto dove si trova la documentazione e che proverò a contattare direttamente l'archivista lodigiano per avere ulteriori informazioni sull'esistenza della cartella clinica. Mi serve solo il loro consenso per leggerla.

L'ho così messa davanti al fatto compiuto.

In un paio di giorni mi arriva l'autorizzazione.

Scrivo al responsabile dell'archivio e racconto la storia di Angela. Lui si rende subito disponibile a cercarla

da: Ombretta <ombretta@gmail.com>
a: <info@archivio.com>
data: 20 gen 2018, 15:35
oggetto: Re: Angela

Gentile signora,
come le ho anticipato la cartella della sua parente è irreperibile. L'ho cercata negli anni della data presunta di ricovero che mi ha fornito, ma non è presente il nominativo.
Quindi ho pensato di fare la ricerca al contrario, dalla data di dimissione. Me la può indicare?
Cordiali saluti

***

da: <info@archivio.com>
a: Ombretta <ombretta@gmail.com>
data: 21 gen 2018, 07:35
oggetto: Re: Angela

Buongiorno,
purtroppo non possiedo quella data. Suppongo che sia morta in manicomio. Il comune di Como mi ha infatti comunicato che è deceduta nella loro città, poi la salma è stata trasferita al comune di Lomazzo. Infatti la sua tomba è alla Manera. So solo la data della morte: 25 agosto 1985

Spero che questo dato le possa essere utile
La ringrazio per il suo aiuto
Cordiali saluti,
Ombretta

***

da: <info@archivio.com>
a: Ombretta <ombretta@gmail.com>
data: 22 gen 2018, 11:35
oggetto: Re: Angela

Gentile signora,
le cartelle cliniche qui in gestione, solo per il San Martino, sono raccolte in oltre 1.600 faldoni affastellati su scaffali. Ognuna di essa è etichettata con numeri e date precise. Queste sono gonfie di appunti, cartelle cliniche, lettere, certificati, divisi tra uomini e donne, morti e dimessi.
Deve considerare che dall'apertura del manicomio nel 1882, alla sua chiusura tra il 1998/99, con l'uscita degli ultimi 400 pazienti, tutti anziani, sono passate tra quelle mura circa 40.000 anime, di cui il 40% donne.
Sarà come cercare un ago in un pagliaio.
Mi lasci tempo, lo farò nei miei momenti liberi
Cordiali saluti

Dubito molto che l'Archivista si metta veramente a cercare. Non è un lavoro che gli compete. Come ha scritto nella email, dovrebbe farlo nel suo tempo libero.

Sono così frustrata: so dove si trova la cartella, ma non posso accedervi.

Febbraio 2018

da: <info@archivio.com>
a: Ombretta <ombretta@gmail.com>
data: 20 feb 2018, 11:11
oggetto: Re: Angela

Gentile signora,
ho trovato la cartella di Angela. Non è stato semplice, come può immaginare. Ma questa storia mi ha appassionato, volevo scoprire anch'io la sua fine. Dalla data di morte che lei mi ha fornito, ho fatto una ricerca a ritroso, e ho trovato un'Angela dimessa l'11 aprile 1983 e quindi ricoverata alla Sapa (ex ufficio infermieristico). Questa era una struttura assistenziale/riabilitativa all'interno del corpo centrale del San Martino dove venivano ricoverate le ex degenti che non avevano un posto dove andare.
Da questa data è stato semplice arrivare a quella del

ricovero: 1955.

A questo punto non rimane che fissare un appuntamento qui a Lodi per farle consultare il faldone di Angela.

Se ne vuole una copia, possiamo fargliela fotocopiare.

Le va bene incontrarci giovedì 22 febbraio? Mi dica a quale ora preferisce venire.

In attesa di una sua conferma.

Cordiali saluti

***

da: Ombretta <ombretta@gmail.com>
a: <info@archivio.com>
data: 20 feb 2018, 15:35
oggetto: Re: Angela

Le confermo l'appuntamento per giovedì. Arriverò intorno alle 9.15/9.30, se per lei va bene.
Grazie ancora per il suo aiuto
Cordiali saluti

Oggi giovedì 22 febbraio 2018, quasi un anno dopo la mia prima richiesta, sono entrata in possesso di tutta la documentazione.

Non ho chiuso occhio per tutta la notte, tanto ero eccitata. Ormai avevo perso le speranze.

Mi sono alzata all'alba. È una fredda e nebbiosa mattinata, ma meglio partire presto. Non mi piace guidare e mi perdo facilmente, anche con il navigatore.

L'Archivio è situato in una grigia area industriale alla periferia di Lodi. Mi smarrisco tra i capannoni tutti uguali. Alla fine chiedo aiuto a degli operai, i quali mi indicano la via.

Arrivo agli uffici appena in tempo. Il responsabile dell'Archivio mi sta aspettando. Mi fa accomodare in una saletta, mentre attendo che mi portino la cartella richiesta.

L'uomo tenta di farmi compagnia, ma non ricordo di cosa parliamo.

Sono nervosa e nello stesso tempo emozionata. Nei memoriali sui manicomi che avevo consultato venivano citate anche lettere di pazienti e fotografie. Le avrei trovate anche nel suo faldone? Avrei recuperato tra quelle pagine le mie risposte?

Arriva nel frattempo un impiegato con due faldoni strabordanti di carte e referti medici. Troppo materiale da leggere in una sola giornata.

«Non si preoccupi», mi dice il mio gentile archivista, «come le avevo anticipato per email, possiamo fotocopiarle tutto l'incartamento. Oppure se ha una chiavetta usb, posso farglielo scansionare».

Scelgo la seconda opzione.

Mentre aspettiamo, chiacchieriamo ancora del più e del meno. Lui impaziente di tornare al suo lavoro, io di tornare a casa per leggermi tutto il materiale.

Dopo una mezz'ora ritorna l'impiegato e mi consegna la chiavetta.

Ironico, penso mentre me ne vado, una vita racchiusa in un oggetto così minuscolo.

Mentre sto tornando, mi arriva un messaggio da Emma, «Sei a casa? Ho urgenza di parlarti».

Non mi chiama quasi mai, comunica esclusivamente su Whatsapp. Forse è importante. Metto il vivavoce e la richiamo.

«Ciao, Emma, che succede?»

«Volevo darti due grandi notizie. La prima è che ho accettato di ritornare a lavorare nella mia vecchia casa editrice. Mi hanno fatto una buona offerta, ho così deciso di fermarmi per un po'».

«Sono felice per te. Quindi ritorni a vivere a Milano?»

Dopo la Grecia, aveva lasciato il lavoro e si era trasferita in Francia per seguire il suo compagno, di cui era perdutamente innamorata.

«Sono stanca di Parigi. Avevo voglia di aria di casa, ho colto l'occasione».

«Il tuo fidanzato come l'ha presa?»

«Ci siamo lasciati. Non era la mia anima gemella», risponde sospirando.

«Ogni volta è la stessa storia. L'amore è solo un'ossessione che risucchia tutta la concretezza della vita e azzera l'esperienza reale, negativa o positiva che sia».

«Parli come un libro stampato. Da quale in particolare hai preso questa citazione?», mi risponde ridendo. «Preferisco rischiare di soffrire ogni volta, piuttosto che rimanere congelata per una pessima esperienza del passato. Come è successo a te, che non hai più permesso all'amore di avvicinarsi».

La mia amica ha toccato un punto dolente. È vero quello che ha detto.

Molti anni fa il mio fidanzato mi lasciò quasi sull'altare per sposare un'altra conosciuta durante un viaggio di lavoro.

Soffro ancora al ricordo della sera in cui me lo rivelò. Avevo già avuto delle avvisaglie. Degli amici che mi avevano anticipato qualcosa, piccoli indizi. Non ci avevo voluto credere.

Poi una sera venne a prendermi e mi portò in un

locale romantico. Lui era così dolce.

Quando mi riaccompagnò a casa, mi confessò che si stava per sposare. Non riuscii a reagire, ero congelata. Lui continuava a vomitare parole, ma non capivo il loro significato. Scesi dall'auto e da quel giorno non l'ho più rivisto.

Una relazione di inganno e illusioni.

Durante i primi anni sperai invano che tornasse da me. Il suo matrimonio sarebbe di sicuro fallito, si conoscevano appena. Stavo a casa ad aspettare una sua telefonata, che però non arrivò mai.

La voce della mia amica mi riporta alla realtà. «A volte penso che tu e Angela abbiate molto in comune, entrambe siete state influenzate da una tragica storia d'amore. Forse comprendere la sua esperienza può aiutarti a superare il tuo dolore ancora irrisolto, e magari anche scongelarti il cuore», termina ridacchiando Emma.

Non ci avevo mai riflettuto, ma forse ha ragione. Potrei trarre un insegnamento dall'esperienza di Angela. La sua storia infelice l'aveva condotta all'annientamento. Io ho invece ancora la possibilità di lasciarmi tutto alle spalle e andare avanti.

Ma ora sto guidando, meglio cambiare pensiero e

discorso.

«Qual è la seconda bella notizia?»

«Ho parlato della storia di Angela al mio capo. È interessato a leggere il manoscritto».

Chi le ha dato il permesso di parlarne in giro? Sono infastidita. Cerco una piazzola per fermare l'auto.

«Perché lo hai fatto?», le domando irritata.

«La sua storia è coinvolgente. Quante persone si sono offerte di aiutarti solo perché si erano commossi per la vicenda? Continui a ripetere che vuoi che Angela esca dal mondo degli Invisibili. Questa è la sua possibilità, e anche la tua. L'ultima volta che ci siamo sentite, mi hai detto che hai seguito il mio consiglio e che stai scrivendo un romanzo sulla sua storia. Quindi perché non parlarne? Pensavo che ne saresti stata felice».

La sua logica non fa una grinza. Eppure mi dà fastidio questa sua iniziativa, non sono ancora pronta.

«Se non vuoi, non se ne fa niente. Ma un'occasione del genere non ti ricapita più».

«Hai ragione tu, è stata la sorpresa. Ti mando la scaletta e i primi capitoli».

Il mio sogno di vedere pubblicato un romanzo si sta trasformando in realtà, grazie alla storia di Angela.

Ma non so ancora se esserne felice o spaventata.

Angela

Settembre 1938

Angela sparì all'improvviso senza lasciare tracce sia dal lavoro che dal paese. Rosetta era preoccupata per la sua amica, una domenica prese coraggio e si recò a casa di lei per chiedere notizie. Incontrò Clementina che stava spazzando il cortile.

«Buongiorno. Come state?»

«Che vuoi? Cosa cerchi?»

«Volevo notizie di Angela. È da tanto che manca dal lavoro. Non sta bene?»

«Non sono fatti che ti riguardano», le rispose questa in malo modo, continuando a spazzare.

«Non potrei almeno farle un saluto?»

«Che vai cercando? Chiacchiere da raccontare poi in giro per farti bella con le tue amiche? Vai via *zabetta*!», le urlò la donna, cacciandola con la scopa.

Rosetta non poté fare altro che andarsene mogia, rimuginando su come la sua amica era cambiata negli ultimi mesi. Non rideva più con le compagne come faceva una volta. Lavorava a testa china, le dovevano ripetere più volte la stessa domanda per ricevere in risposta solo un monosillabo sussurrato. Ogni tanto le scivolava lungo il viso una lacrima, che asciugava veloce di nascosto per non farsi vedere.

Al ricamificio erano girate delle voci che forse il suo innamorato si era fidanzato con un'altra.

Nei mesi passati, l'avevano presa in giro per questo misterioso moroso.

La giovane si ricordava ancora l'ultima volta che l'aveva vista scherzare su questo argomento.

«Angela, adesso tocca a te raccontare. Chi è il tuo spasimante?», aveva chiesto Rosetta dopo che un'altra compagna aveva raccontato del suo fidanzamento con uno di Rovellasca.

Lei si era messa a ridere, «Non ho mica il moroso io. Pensate invece a lavorare piuttosto che a spettegolare».

Si vedeva invece che ce l'aveva, e aveva una voglia matta di raccontarlo. Solo che lei era riservata, non parlava mai delle sue faccende personali, nemmeno con le amiche più intime.

Però era sempre sorridente, gli occhi le brillavano.

In paese le voci giravano, tra Rovellasca e la Manera li avevano visti, lei e il giovane dottore. Faceva strano pensarla sposata a un forestiero che aveva anche studiato. Gentile, sì, ma così estraneo al loro mondo rurale. Ma in fondo anche Angela era fatta a modo suo.

Si sussurrava però che entrambe le famiglie non fossero contente.

Rosa aveva sentito dire anche in casa sua che non era una cosa fatta bene quel fidanzamento. Quando lei aveva protestato che Angela sarebbe stata felice di sposarlo, l'avevano ripresa, «*Ti se' solo una tuseta*, cosa vuoi capire. Meglio se te ne stai zitta, e non ascolti i discorsi degli adulti». Così aveva ubbidito.

Lei però una cosa la sapeva. Se Angela lo avesse voluto, se lo sarebbe preso il suo dottore. Era così innamorata.

Invece non fu così. Che cosa era successo?

Di lei non si seppe più niente, e piano piano venne cancellata dalla memoria del paese. Solo ogni tanto le operaie più anziane minacciavano scherzosamente qualche ragazza un po' troppo vivace con la frase, «Stai attenta che fai la fine dell'Angela».

Chissà cosa volevano intendere.

Qualche giorno prima della visita di Rosetta, Angela e i suoi genitori avevano preso il treno per Como.

Destinazione: il manicomio di San Martino.

I suoi parenti le ripetevano che si sarebbe di sicuro

trovata bene, l'avrebbero curata e poi sarebbe potuta tornare a casa. Ma si vedeva che non ci credevano nemmeno loro. Lo dicevano per farsi e farle coraggio.

La giovane pareva non ascoltarli, chiusa nel suo dolore.

Ogni fischio del capotreno l'allontanava sempre più da Emilio, che ora immaginava a Milano.

Prima fermata, Lomazzo, il paese dove c'era la sua villa.

Poi Caslino al Piano, Cadorago, Fino Mornasco, Portichetto-Luisago, Grandate-Breccia.

Addio, cari paesi, li avrebbe più riveduti? Come gli erano preziosi, ora che li lasciava indietro nel tragitto verso la sua prigione.

Fissava dal finestrino gli alberi scorrere veloci. Le pareva che i rami fossero braccia alzate in aria in atto di resa, mentre le foglie vibravano per l'orrore.

Infine la prima fermata di Como, alla seconda sarebbero scesi. Le sarebbe piaciuto vedere il lago, ma nemmeno questa volta venne esaudita. Un altro desiderio infranto.

Salirono a piedi su per la collina per arrivare al grande parco dove si trovava l'ospedale psichiatrico.

Arrivati in portineria, suo padre presentò le carte per il ricovero.

Le sembrò in lontananza di udire un suono cristallino. Cercò intorno.

Da dove proveniva quello scampanellio felice?

Chiese alla madre se lo sentiva anche lei, ma non ottenne risposta, questa prestava attenzione alle parole del portinaio.

Forse era matta per davvero.

Alla fine vide arrivare un cagnolino pezzato. Sul collare aveva attaccato un campanellino.

Sembrava un cucciolo ben tenuto. Le si avvicinò guardingo. La giovane si abbassò per fargli una carezza.

Ma la bestiola si rivelò come quel posto. Bello a vedersi da lontano, ma pieno di cisti e croste a guardarlo più da vicino.

Quando vide avvicinarsi la sua mano, scappò tra i cespugli con la coda tra le gambe.

Nemmeno lui sopportava la sua presenza, si commiserò lei, abbassando lo sguardo.

Salirono per i viali del parco. I suoi continuavano a parlarle, ma non sentiva le loro parole.

Sapeva solo che presto l'avrebbero lasciata lì.

Entrarono in un grande edificio bianco. Delle suore si avvicinarono, presero dalla mano di suo padre la lettera.

«Ciao Angela, ci vediamo presto. Qui ti cureranno bene. Ubbidisci alle reverende sorelle».

Se ne andarono veloci, senza nemmeno un bacio d'addio.

Ombretta

Marzo 2018

Appena sono entrata in casa, ho mollato borsa e scarpe e sono corsa al computer per scaricare i file dalla chiavetta usb.

Ho letto la cartella di Angela dalla prima all'ultima pagina senza fermarmi, mentre un nodo mi stringeva lo stomaco per l'orrore di quello che aveva dovuto subire.

Trascrizioni impersonali e fredde avevano trasformato una donna fatta di carne ed emozioni in un vuoto involucro senza anima.

Costante in ogni documento, pezzetto di carta, comunicazione, il suo codice identificativo SAUB[5]. Ormai non era più una persona, ma solo una serie di numeri.

Sono riuscita a riprendere solo dopo un paio di settimane l'intero incartamento. Devo mettere da parte le mie emozioni, essere fredda e analitica, se voglio

---

[5] la sigla della Struttura Amministrativa Unificata di Base, organismo che riuniva in sé tutte le competenze degli enti mutualistici soppressi nel periodo di transizione tra il vecchio sistema mutualistico e la riforma sanitaria. Successivamente venne sostituita dalla USL

ricostruire la sua storia clinica.

Il primo internamento di Angela al manicomio San Martino di cui si fa menzione sulla cartella clinica è nel 1955.

Le persone che però ho intervistato, concordano nel dire che lei sparì dal paese prima del conflitto.

Mi ritrovo così con un "buco nero" di circa quindici anni. In mezzo c'era stata una guerra mondiale e un dopoguerra.

Che fine aveva fatto Angela in quegli anni? Con chi aveva vissuto in quel periodo?

Nessuno ha saputo dirmi nulla.

Era come sparita dalla faccia della Terra.

Unico indizio, ho trovato una breve nota sul suo diario clinico di in cui si parla di due ricoveri antecedenti al 1955 presso il reparto neurologico del Sant'Anna di Como.

Ho tentato di richiedere anche questa prima cartella clinica, o almeno di conoscere le date delle sue degenze, ma non ho mai ricevuto risposta.

Non credo di avere nessuna speranza di colmare quel vuoto, ma almeno posso tentare di ricostruire la sua degenza al San Martino, in parte leggendo la sua cartella, in parte attraverso letture e interviste sulla vita delle donne ricoverate nello stesso manicomio in quel periodo.

Ho un faldone straripante di referti sulle sue condizioni di salute fisiche e vari documenti burocratici. Non ho trovato sue lettere, né altri documenti personali.

Solo due sue fotografie formato tessera del periodo in cui è stata internata. Si era trasformata dalla sorridente fanciulla immortalata nella foto sulla tomba, in una donna anziana sfatta dagli anni e dal dolore.

Solo gli occhi gentili sono rimasti gli stessi.

Come primo passo, voglio scoprire il nome del medico che ha ratificato la "sua pazzia".

Ho cercato nel faldone, fino a trovare una ricetta medica firmata da un ufficiale sanitario e medico chirurgo dei comuni di Lomazzo- Cirimido.

Una veloce ricerca su Google per capire quali fossero le credenziali per essere autorizzati a decidere del futuro di una persona. È scioccante scoprire che l'incarico veniva affidato a un medico di base, nominato dal prefetto, sulla base di un concorso pubblico indetto a livello provinciale.

Non era richiesta nessuna specializzazione

particolare.

Così una persona non qualificata poteva etichettarti come persona scomoda, o meglio, come si usava dire all'epoca *"pericolosa per sé e per gli altri"*, e farti rinchiudere per tutta la vita in un ospedale psichiatrico.

Il diario clinico di Angela è solo un'infinita lista di trascrizioni superficiali sulla sua salute fisica.

Documenti sterili, annotazioni mediche di farmaci e trattamenti. Per me è una lingua straniera. Posso solo tentare di leggere la sua storia fra le righe.

Così ho chiesto il parere di uno psichiatra che ha lavorato in passato nei manicomi. Lui può "tradurla" per me e darmi una sua opinione clinica sulla salute psicologica di Angela.

Gli telefono, mi regala un pomeriggio.

C'incontriamo nel suo studio.

Legge attentamente la cartella, ogni tanto bestemmia tra di sé, arrabbiato per quello che trova.

«La tua parente ha avuto una crisi psico-dissociativa con delirio di persecuzione. Può essere provocata da un grande dolore, o, come in questo caso, da un amore non corrisposto. Se chi ne soffre non ha una rete familiare di supporto può entrare in psicosi. Al giorno d'oggi si guarisce con qualche giorno di ricovero, una terapia farmacologica e un po' di psicoterapia».

Sono senza parole, lei è rimasta in manicomio per più di trent'anni.

«Anche le prescrizioni farmaceutiche erano leggere. Leggendo questa cartella, ritengo che non fosse pazza. Della anamnesi psichica, però, c'è solo qualche nota superficiale. Oltre a questa mezza pagina scritta negli anni '70 da un medico anonimo di buona volontà che ha tentato di raccogliere la sua storia. Solo che ormai lei era stanca e aveva passato troppi anni rinchiusa».

«Il tuo lavoro di ricerca è finito?», mi chiede mentre sto per andarmene.

«Ho un buco di quindici anni da colmare. Il suo primo ricovero al San Martino è del 1955».

«In una nota della cartella c'è scritto che ci sono stati due ricoveri al reparto neurologico del Sant'Anna. I trattamenti del reparto neurologico erano simili a quelli dell'ospedale psichiatrico. I problemi mentali venivano trattati come problemi fisici, non psichici. Probabilmente durante la guerra venne ricoverata al Sant'Anna, con qualche breve interruzione a casa. Le cartelle dell'epoca non erano nemmeno molto aggiornate a causa del conflitto. La differenza tra i due ospedali era solo che nel passaggio dall'uno all'altro il paziente diventava da *transitorio* a *permanente*. Al ricovero in manicomio, i malati venivano bollati come "incapaci di intendere e volere" e perdevano i diritti civili. È inutile cercare, troveresti solo altri referti clinici».

Ho provato a immaginare come potesse essere la vita rinchiusa lì dentro.

La mia mente non è riuscita a superare l'orrore.

Torture e abbandono permesse da uno stato indifferente verso chi era infelice e povero, e che non si sapeva o poteva difendere.

Tornata a casa, ho trascritto alcuni appunti sparsi tratti dal suo diario clinico, quasi per esorcizzare l'orrore e il degrado di quel luogo.

La prima notazione è del 1 Marzo 1955:

Sta sempre a letto, tranquilla, con un sorrisetto canzonatorio sulle labbra, nello stesso atteggiamento di quando si trovava al reparto neurologico.

Altri brevi commenti sulle sue condizioni, copiati in quell'infinito oceano di notazioni superficiali e brevi.

Fatua. Manierata. Ha atteggiamenti puerili. La stessa paziente assume le arie delle ragazzine più giovani. Apatica. Bloccata nel tempo e nello spazio. Non è delirante.

Persona semplice, poco nutrita affettivamente. È arrabbiata con il prossimo.

Esame fisico: condizioni generali alquanto scadenti.

Un profilo psichico discorde da quello descritto da chi l'ha conosciuta.

Un'altra brevissima nota: quando era ricoverata al reparto Neurologico, aveva subito trattamenti di Piretoterapia e Insuloterapia.

Non so di cosa si tratti, ma trovo una spiegazione concisa nel libro fotografico dedicato alle donne del San Martino, "Donne Cancellate"[6].

Ho copiato le spiegazioni:

Shock insulinico consiste nell'iniettare una dose di insulina tale da mandare in coma il soggetto. [...] La

---

6 Donne cancellate. Foto dall'archivio dell'ex Ospedale psichiatrico di San Martino a Como (1882-1948), di Gin Angri, Editore Oltre il giardino (2018)

terapia, che doveva servire la schizofrenia e la tossicomania, era piuttosto lunga e dolorosa. Il coma ipoglicemico, "la dose coma", veniva indotto una volta al giorno, con un giorno di riposo alla settimana. La cura completa comportava dalle 90 alle 120 dosi coma. [...] Prima del coma, lo shock insulinico provocava contrazioni cloniche, spasmi muscolari, tremori generalizzati, riflessi patologici: manifestazioni che talora sfociavano in un vero e proprio accesso epilettico.

Malarioterapia consiste nel provocare nei pazienti un'infezione malarica. [...] Il paziente veniva infettato tramite puntura della zanzara o inoculandogli sangue malarico e sottoposto a un ciclo di almeno 8–10 accessi febbrili con temperatura corporea superiore ai 39°C seguito dalla somministrazione di chinino per il trattamento della malaria. Gli effetti collaterali, ritenuti allora rari e presenti soprattutto nei pazienti gravi, comprendevano rottura della milza, danni epatici e ittero, vomito incoercibile, cefalea, allucinazioni e delirio.

C'è una nota a margine nella sua cartella clinica inerente a queste terapie.

Questi trattamenti portarono a scarsi risultati, eccetto che provocarle delle crisi epilettiche.

Continuando la lettura della cartella, ho scoperto che negli anni a venire fu spostata dal reparto femminile "agitate" a Villa Rosa, dove venivano tenute "le donne tranquille", quelle che non davano disturbo.

Nel 1979 Angela venne dichiarata guarita e avrebbe potuto essere dimessa, ma la sorella non volle farsene carico.

Così firmò per rimanere in Manicomio.

In un primo momento l'ospedale pensò di trasferirla a Villa Aurora, una clinica privata in regime controllato, lontana dall'area dell'ospedale psichiatrico e organizzata come una comunità terapeutica.

Poi fu deciso di ricoverarla alla Sapa, una struttura assistenziale/riabilitativa all'interno del corpo centrale del San Martino dove venivano ricoverate le ex degenti che non avevano un posto dove andare.

Da lì uscì in una bara il 25 Agosto 1985, per tornare al cimitero del paese natio.

Così termina la tragica vita di Angela.

Angela

Settembre 1938

L'entrata di Angela in manicomio venne salutata dallo scatto della serratura della porta che si chiudeva dietro di lei, e da un urlo disperato.

Quei richiami sonori la scrollarono dalla sua prostrazione.

Era stata abbandonata in un luogo dove la follia regnava sovrana, in balìa di persone sconosciute.

Il pensiero l'atterrì. Come avrebbe fatto a vivere lì dentro?

Si strinse a una delle suore che l'avevano ricevuta. Ma questa, invece di confortarla, l'allontanò bruscamente, come se fosse infetta.

«Dovrai abituartici, carina. Questa è la nostra musica perenne».

«Sorella, non sono pazza. Voglio andarmene da qui».

«Se il medico che ti visiterà ti giudicherà sana, potrai uscire dopo il mese di prova».

«Non sono stata male nemmeno un giorno nella mia vita. Ho avuto uno *svarione*, perché il mio moroso m'ha tradita. Ma ora sto molto meglio».

«Sì, va bene, dicono tutte così. Ora però andiamo.

Non ho tempo da perdere per ascoltare le tue *ciacier*», le rispose quella impaziente, mentre la trascinava in infermeria.

Nell'aria un odore di disinfettante e disperazione.

La spogliarono di tutto.

Visitarono ogni suo anfratto corporeo senza preoccuparsi del suo pudore.

Le fecero indossare una veste informe, ci si smarriva dentro.

Scoprì presto che lì nessuna indossava un abito della propria misura: troppo abbondanti, o troppo stretti, a malapena servivano per coprire le loro nudità.

Le suore fecero un elenco di quello che lei indossava:

- 1 vestito
- 1 sottogonna
- 1 mutande
- 1 calze
- 1 maglia
- Niente soldi

Venne poi portata in un grande salone.

Subito si ritrovò circondata da una cacofonia di urla folli, pianti disperati, risa isteriche, maledizioni terrificanti.

Ogni Anima era un mondo a sé, isolata nella propria pazzia personale.

Occhi smarriti in un orrore senza fine.

Qualcuna parlava da sola, altre canticchiavano per passare il tempo.

Una donna anziana danzava seguendo una sua melodia silenziosa.

Due si lanciavano addosso bestemmie turpi, rese ancora più oscene da una bocca di donna.

Lei che era cresciuta e vissuta sempre tra volti familiari ora era accerchiata da spaventose sconosciute.

Era terribile l'assenza del silenzio in quel luogo.

Dormivano in lunghe camerate, con un sottofondo continuo di incubi molesti.

I passi delle infermiere, i loro sussurri.

L'assoluta mancanza di libertà di muoversi, scegliere, decidere delle proprie azioni.

Ogni giornata sembrava durare settantadue ore. Il tempo è infinito quando non si ha nulla da fare.

La faceva impazzire la monotonia delle giornate trascinate in quel luogo.

Dopo una vita di continuo lavoro, rimanere inattiva

le sembrava un peccato da confessare al prete.

Le mani giacevano inoperose in grembo. Questo ozio imposto l'avrebbe fatta ammattire.

Seguire sempre la stessa routine: alzarsi, vestirsi, scendere nella sala comune o nel parco.

I dormitori si dovevano svuotare. Era proibito rimanere da sole.

Sempre tutte incolonnate come un gregge di pecore, passavano da un stanza all'altra.

Sostare in attesa che la suora aprisse le porte con le pesanti chiavi. Passare, poi ancora fermarsi in attesa che lei le rinchiudesse.

Era più semplice controllarle in questo modo.

Venivano pulite, nutrite, infine abbandonate alla loro ossessione per il resto della giornata.

Passeggiavano per la sala, girando intorno alle colonne, in un circolo senza fine, tutte nella medesima direzione.

Non restava altro che concentrarsi ognuna sui propri malanni, lamentarsi del cibo, sparlare delle compagne o lagnarsi delle infermiere.

Una volta al mese, nel pomeriggio, era permesso fare il bagno. Una breve digressione nella monotonia della vita istituzionalizzata. Solo così ci si accorgeva che gli anni passavano uno dopo l'altro.

Erano condannate a sopravvivere nel delirio di una vita non vissuta, per una colpa mai commessa.

Marzo 1939

Angela trascorse nell'ospedale psichiatrico un autunno di attesa. Poi un inverno di profonda depressione. Finalmente arrivò la primavera.

Dalle finestre spalancate entrava il canto degli usignoli e il profumo dei fiori appena schiusi. Un'aria leggera che sapeva di rinnovamento e speranza.

Le pazienti giravano tranquille nella camerata, ognuna persa nei suoi sogni di evasione.

Angela era seduta a un tavolo sotto una finestra. Un'infermiera le aveva procurato un foglio di carta e un penna per scrivere una lettera a casa.

Como, 21 Marzo 1939

Cari genitori,
vi scrivo per chiedervi perdono del mio momento di pazzia che vi ha fatto tanto inquietare.
Io non sono malata, e se mi fate uscire presto da questo luogo, ritornerò a essere la figlia devota e lavoratrice come voi volete che io sia.

Non posso più stare qui dentro. Se solo sapeste che posto orribile è questo.
Se non mi venite a prendere, sono sicura che ne morrò.
Chiedo perdono anche alla mia cara sorella e a don Attilio che...

Una modesta farfalla bianca entrò nello stanzone, volando leggera sopra le teste delle donne presenti. Alzarono tutte lo sguardo per seguirne il volo.

Infine si posò lieve sulla mano destra di Angela. Questa provò a scacciarla, ma l'insetto continuava a posarsi nello stesso punto, come per aiutarla a scrivere la sua richiesta di aiuto.

La giovane donna rimase con il fiato sospeso. Non le era mai successo.

Amava le farfalle sin dall'infanzia, quando la nonna le raccontava la storia dei bachi da seta di come si trasformassero per volare poi di fiore in fiore.

Vederne una sulla sua mano le sembrò un messaggio di speranza.

Un timido sorriso sbocciò sul suo viso sciupato.

D'improvviso, dita avide afferrarono le ali dell'insetto, strappandogli la vita.

Angela alzò lo sguardo verso la colpevole.

«Quella farfalla era uno spiritello maligno. Ora non potrà più volare. Rimarrà anche lei per sempre imprigionata qui con noi», latrò ridendo un'orrida vecchia.

Angela lanciò un urlo mentre le si gettava addosso afferrandola per i capelli. Le sue unghie divennero artigli che aprirono solchi rossi sulle guance scarne della nemica. Intorno, le altre donne ululavano eccitate.

Accorsero le infermiere per dividere le due lupe rabbiose che si picchiavano per una piccola farfalla bianca.

Questa fu la prima volta che Angela venne messa in una stanza di contenzione. La prima, ma non l'ultima.

Dicembre 1950

«Svelta, Angela. La Messa natalizia sta per iniziare», la sollecitò l'infermiera, vedendola seduta sul letto.

«Non è venuta».

«Di chi stai parlando?», chiese la donna fermandosi sulla porta.

«Anche questa volta mia sorella ha mancato la sua promessa, non si è fatta vedere».

«Non avrà potuto, verrà un'altra volta», provò a consolarla. «Adesso però andiamo o rischiamo di arrivare tardi. Le suore hanno allestito un bellissimo altare in reparto. Hanno anche fatto il presepe con la Madonna, Giuseppe e il Bambino. Poi faremo un po' di festa per farci gli auguri. Sarà divertente».

«Non voglio venire. Anche lei mi ha tradito», rispose rabbiosa.

«Di chi stai parlando, ora? Lo sai che è proibito rimanere in camerata da sola. Muoviti, non farmi perdere tempo».

«Ho detto che non vengo».

L'infermiera le si avvicinò. Fece un lungo respiro come per riempirsi i polmoni di pazienza, e scandì le parole come per farsi capire meglio.

«Te lo dico un'ultima volta. O vieni con me, oppure ti faccio legare al letto. A te la scelta».

Angela non poté fare altro che seguirla, il petto furioso e gli occhi gonfi di lacrime.

La celebrazione era appena iniziata. L'infermiera la fece sedere in una sedia vicino al presepe, come per farsi perdonare del suo scatto.

Era stanca, ci voleva una pazienza infinita con quelle poverette, e non sempre ce l'aveva.

Le tempie di Angela pulsavano rabbiose.

Era infuriata con quella prepotente che l'aveva costretta ancora una volta contro il suo volere.

Con Ida che non si era presentata nemmeno questa volta.

Con i medici sordi alle sue richieste.

Ma soprattutto con lei.

Non riusciva a distogliere gli occhi dalla sua figura.

Sì, Lei.

L'aveva così tanto supplicata per richiedere la sua intercessione.

Acceso così tanti ceri e fatto innumerevoli voti.

Versato oceani di lacrime prostrata ai suoi piedi.

Tutto inutile.

Lei.

Madre di nostro Signore e di tutti i suoi figli devoti.

Alle sue invocazioni però era stata sorda.

Non era anche lei una sua umilissima figlia? Non aveva già sofferto così tanto?

Perché la costringevano ad assistere alla Messa?

Aveva confidato nella sua misericordia, invece anche la Madonna l'aveva presa in giro.

«Ti maledico!», urlò scattando in piedi, i pugni contratti e la saliva alla bocca.

«Giuro che non sentirai più la mia voce invocarti. Nemmeno di morire presto mi hai concesso».

Arrivarono di corsa le inservienti. Le torsero le braccia dietro la schiena e la trascinarono via.

La portarono in una nuda stanza, dove le legarono polsi e caviglie a un letto di ferro.

«Così ti calmi», le strillarono prima di lasciarla da sola.

Angela urlò, si dimenò, implorò di liberarla.

Ma nessuno le diede retta.

Alla fine si acquietò.

Le ore passavano. Non riusciva a muovere un muscolo.

Le faceva male la schiena.

Doveva urinare, si vergognava a farsela addosso.

Alla fine provò a pensare ad altro.

Fu tutto inutile. Ogni pensiero la riportava a quell'immagine sull'altare che si era fatta beffe di lei e della sua vita disgraziata.

Digrignava i denti come una belva impotente.

Doveva distrarsi, o sarebbe stato peggio.

Torse il collo per guardare il pezzetto di cielo che s'intravedeva dalla piccola finestrella.

Fuori il sole splendeva, anche se faceva molto freddo.

Le infermiere avevano lasciato la finestra aperta per la puzza di paura e urina mischiata a segatura che stagnava perenne.

All'improvviso, un pettirosso si posò sulle sbarre e si mise a cinguettare.

Le vennero le lacrime agli occhi.

Pareva che l'uccellino le stesse dedicando la sua canzone.

Le tornarono in mente i boschi del suo paese. Quante volte lo aveva sentito, senza mai dargli troppo retta.

Adesso lui era lì per lei, a tenerle compagnia in quel gelido giorno di Natale.

Le venne in mente una leggenda dedicata a quel piccolo uccellino. Sua nonna la raccontava alle nipotine nelle notti d'inverno.

Un pettirosso stava volando verso il suo nido. Vide sulla cima di un monte tre croci.

Curioso, si avvicinò e scorse su quella centrale un uomo inchiodato con una corona di spine in testa: era Gesù.

Impietosito, tentò di aiutare l'uomo, e col becco

cercò di staccare le spine, una dopo l'altra.

Ma all'ultima spina tolta, una goccia di sangue di Gesù gli schizzò sul petto grigio.

L'uccellino corse a lavarsi alla fontana, ma più si lavava, più la macchia di sangue sul suo petto diventava luminosa e indelebile.

Da quel giorno il suo nome fu Pettirosso.

Come le piaceva quella storia.

Il pettirosso era venuto per consolarla dal suo dolore. Forse lo aveva inviato la Vergine Maria. Come si pentiva ora delle sue crudeli parole.

Anche Angela era crocefissa su quel letto, come il Figlio di Lei, che si era sacrificato per le sofferenze del mondo.

Un'unica lacrima le scivolò lungo la tempia. Lo sentiva così vicino nel suo dolore.

Il momento fu spezzato dall'aprirsi della porta.

L'uccellino volò via.

Entrò il medico di turno, seguito da un'infermiera che spingeva un carrello.

«Nemmeno oggi che è festa mi fate stare tranquillo», la rimproverò il dottore.

«Infermiera, la siringa è pronta?»

Angela provò a supplicare, ma il suo urlo fu

strozzato dallo straccio forzato in gola.

Le infilarono un ago nella vena. Poi più nulla.

Si svegliò bagnata.

Chi era? Perché era lì?

Non sentiva niente, non ricordava nulla.

Era in pace con se stessa. Una pace subdola, fittizia, manipolata. Una pace che sarebbe durata poco.

I ricordi possono essere silenziati, mai cancellati.

Questo lei lo aveva scoperto presto, anche se adesso non ricordava.

Sentì un uccellino lontano, fischiava una canzone triste.

Perché non chiudevano la finestra? Le dava fastidio.

Un rumore sottile nella sua testa dolente.

Como, 8 Gennaio 1979

Egregia signora Ida ...,
Via ...., Milano

La invito a volersi presentare presso questa Direzione nella mattinata di Lunedi 15 p.v. dovendo fare delle comunicazioni riguardanti sua sorella Angela. –

Cordiali saluti.

IL DIRETTORE

Il parlatorio del manicomio attendeva le sue ospiti, mentre i raggi del sole invernale tentavano di entrare dalla finestra sbarrata per riscaldare le mura e asciugare le lacrime di umidità che le ricoprivano.

Una stanza spoglia, due sedie di ferro e un tavolo tra di loro.

Ida stava in piedi, stringendo nel pugno una lettera su carta intestata del San Martino.

Era stata convocata dal primario del manicomio. Stava riflettendo su come meglio rispondere alla sua richiesta.

Angela era stata dichiarata ufficialmente "guarita", quindi poteva essere dimessa.

La famiglia doveva riportarsela a casa, ma l'unica parente ancora in vita era lei.

Non aveva risposto alle convocazioni precedenti. Accampava delle scuse, oppure confermava gli appuntamenti, per poi non presentarsi.

«Vengo per Natale, a Pasqua, ai Morti».

Angela aspettava ogni volta invano.

A quest'ultima era stata obbligata a presentarsi.

Scelse la sedia che guardava la porta. Si accomodò, con la schiena ben ritta.

Arrivò anche Angela, accompagnata dalla capo infermiera.

Le due sorelle si fissarono a lungo.

Era da così tanto tempo che non si vedevano. S'interrogarono con gli occhi, fissando le rughe l'una sul viso dell'altra, eterno promemoria del tempo che passa.

Entrambe abbigliate nella loro divisa d'ordinanza.

Ida nel suo elegante abito nero. Da anni indossava ormai solo quel colore, come se fosse in perenne lutto.

Angela nel grembiule informe e stinto fuori misura, ad attestare la sua intera esistenza nel nome di un altrui follia.

«Il dottore è stato trattenuto, vi raggiungerà fra qualche minuto», avvisò l'infermiera.

«Come stai? Tuo figlio?», chiese Angela, mettendosi seduta.

«Stiamo bene. Tu?»

«Voglio uscire da qui. Non ce la faccio più. Mi è proibito tutto, perfino il permesso di venire al funerale di nostro padre».

«Non stai ancora bene».

«Che ne sai? Non vieni mai. I dottori mi vogliono dimettere».

«E poi dove vai fuori di qui? Ora non ci sono più i nostri genitori che possono badare a te».

«Sto bene. Posso vivere da sola a casa nostra».

«Non puoi. L'ho venduta, mi servivano i soldi».

«Senza dirmi nulla? Era anche mia», protestò Angela.

«Non mi serviva il tuo permesso. Legalmente sono il tuo tutore. Non te lo ricordi più?», le rispose ironica Ida.

«Vengo a vivere con te, non lasciarmi qui».

«Che penserebbero i vicini? Una sorella pazza. Ci riderebbero dietro, ne va dell'onore della famiglia. È impossibile», concluse Ida, sorda alla disperazione della sorella.

«Non dirò a nessuno che siamo parenti, sarò la tua serva. Ti scongiuro, ma non ce la faccio più a stare qui dentro».

«Non essere irragionevole. Ti ho appena spiegato che non si può fare. Non ho tempo per badare a te. Cosa ti manca qui? Hai vitto e alloggio, non devi faticare come me che lavoro dalla mattina alla sera. Quasi quasi t'invidio…», la schernì spietata.

La sorvegliante fece un movimento brusco con la testa.

«Non bestemmi signora. Qui è l'inferno. Abbia rispetto almeno per il dolore di sua sorella».

Ida non le prestò attenzione.

«Non sai cosa significa stare qui dentro. Passo la mia giornata nella sala comune, senza poter fare nulla, sola con i miei pensieri. Un giorno dopo l'altro. Una vita senza scopo. Imprigionata per un unico sbaglio».

«Forse ti posso dare una consolazione. Quello là è stato abbandonato dalla moglie subito dopo il matrimonio, è scappata con un altro. È stato sulla bocca di tutto il paese. Il male che ti ha fatto, gli è tornato indietro. Sei contenta?»

«Mi dispiace per lui».

«Ma se lo hai anche maledetto. Me lo ha raccontato nostro padre prima di morire».

«Mi sono pentita mille volte di quelle parole. Non si può augurare il male a chi si ha amato».

Ida scrollò la testa, «Sei veramente pazza, oppure stupida. Che poi è la stessa cosa».

Angela si chiuse nel proprio silenzio.

In quel momento entrò il medico con dei fogli in mano.

«Finalmente puoi uscire. Hai visto che tua sorella è venuta a prenderti? Signora, ho qui il modulo per la dimissione da farle sottoscrivere».

Angela glielo strappò di mano, facendolo in mille pezzi.

«Ho cambiato idea, firmo per l'ospedalizzazione volontaria. Non voglio più andarmene. Non mi piace il mondo che c'è là fuori. Addio Ida». Un ultimo sguardo, poi uscì seguita dalla sorvegliante.

Prima che il dottore pronunciasse un suono, anche la maggiore se ne andò in fretta.

«Che cosa è successo?», chiese il medico sbalordito.

«È stata troppo tempo qui dentro, e non c'è nessuno che la voglia nel mondo esterno. Dove potrebbe andare?», rispose triste la capo infermiera, uscendo anche lei dalla stanza.

Como, li 21.01.1979

La sottoscritta, già ricoverata in questo ospedale, sentendosi in condizione di salute da non poter rimanere nell'ambiente sociale, fa richiesta di essere riaccolta in condizione di degenza ospedaliera.

Dichiara di essere a conoscenza dell'atto che sta per compiere.

Accolto in base all'art.8, 5° comma,

della Legge 13-5-1978 n. 180 alle ore 12.00 del 21 Gennaio 1979

Luglio 1980

Buongiorno dottore. Ha bisogno di qualcosa?

Chi sta fissando?

Quella è Angela, forse la conosceva? La sta guardando in un modo così strano.

Non abbia timore, ormai è innocua. Si sta spegnendo.

No, cosa ha capito? Non è malata.

Non si rattristi per lei, almeno ora sembra non soffrire più.

Si è chiusa in un suo mondo.

Lo ha fatto per sopravvivere in quest'isola al di là del tempo e dello spazio che è il manicomio di San Martino.

Non ha trovato l'affetto di cui aveva bisogno dalla famiglia.

Non è stata capita, era così diversa da loro.

È stata abbandonata in balìa dei suoi sentimenti.

Il tradimento del suo fidanzato è stato il suo momento di rottura.

Ogni donna entra qua con una sua storia, ma alla fine sono tutte uguali tra di loro.

Vengono confinate ai margini della società,

internate dietro a delle sbarre, incasellate da dei indifferenti burocrati fino a che le loro tracce vengono completamente cancellate.

Ben presto Angela ha dimenticato i suoi desideri, si è trasformata in una creatura anonima e rassegnata.

Adesso si trascina intorno alle colonne, vivendo giorni felici nella sua fantasia.

Una donna anziana, capelli grigi sulle spalle, magra.

L'ha forse conosciuta da giovane?

Le colleghe anziane mi hanno raccontato quanto era bella quando venne ricoverata.

Ora è chiusa in se stessa. Umiliata e disprezzata, è entrata a far parte del popolo degli Invisibili.

Qui si sconta la colpa di avere avuto dei desideri, di avere tentato un'esistenza al di fuori dei ruoli tradizionali assegnati, di non essere stata capace di sopportare il peso della miseria.

Un giorno, spero per lei non molto lontano, Angela chiuderà gli occhi per sempre.

Forse esiste un mondo migliore al di là di questo, e lì magari ritroverà il suo innamorato, o almeno quello della sua fantasia. Lì potranno amarsi in pace fino alla fine del mondo.

Scusi, dove sta andando? Vuole andarsene senza

nemmeno darle un saluto?
   Perché sta piangendo?

Ombretta

Ottobre 2018

«Pronto, chi parla?»

«Buongiorno, mi scusi se la disturbo. Sono Emilio».

Silenzio. È uno scherzo?

«Mi perdoni, non mi sono presentato correttamente. Mi chiamo anch'io Emilio e sono il nipote del medico su cui sta facendo delle ricerche».

Non mi sarei mai aspettata questa telefonata. Avevo scoperto che Emilio aveva un nipote da parte del fratello ma, dopo la morte di quest'ultimo durante la guerra, la vedova e il bambino si erano trasferiti a Boston.

«Che cosa vuole?»

«Vorrei incontrarla, se possibile».

«Perché?», rispondo guardinga.

«Lei sta facendo delle ricerche su mio zio. Vorrei capire quali sono le sue intenzioni, è un mio diritto».

Non ha tutti i torti, e poi sono curiosa di conoscerlo.

«Dove vuole che ci incontriamo?»

Mi indica un orario per il giorno dopo in un bar in una zona centrale di Milano, poi mi saluta veloce.

Il giorno dopo arrivo puntuale. Mi guardo intorno nella sala e noto un elegante signore anziano seduto a un tavolino appartato. Si è alzato al mio arrivo e mi sta facendo un cenno con la mano.

«Ben arrivata, Ombretta», mi saluta sorridendo.

«Come fa a sapere che sono io?», gli chiedo incuriosita.

«Sono stato informato dal fiorista del cimitero dove è sepolta la sua prozia Angela. Quando sono venuto a conoscenza delle sue ricerche, gli ho chiesto di tenermi aggiornato».

Mi sembra di essere stata catapultata in un romanzo poliziesco.

«Mi ha fatto seguire?» gli chiedo sbalordita.

«Questa è stata un'iniziativa del nipote del fiorista. Legge troppi gialli», rispose ridendo, «Le ha anche scattato delle fotografie».

Sono scioccata, non so come reagire.

«Forse è meglio che si sieda, così le racconto tutto da principio. Posso offrirle un caffè?»

«Grazie».

Aspettiamo in silenzio le nostre ordinazioni. Ho bisogno di raccogliere le idee, troppe domande si affollano nella mia testa.

«Da quanto tempo è a conoscenza della mia

ricerca?»

«Come le ho detto prima, da quando ha iniziato a fare domande su chi portava fiori sulla tomba della sua prozia. All'inizio era solo curiosità, volevo sapere chi faceva domande su Angela. Nessuno se ne era occupato per così tanti anni. Poi mi è stato riferito che lei chiedeva informazioni anche su mio zio. A questo punto, lo confesso, ho incoraggiato l'iniziativa investigativa del ragazzo. Lui ha saputo da un amico che si sarebbe recata a Rovellasca per delle interviste, così l'ha seguita. Ho il sospetto che sia caduta per colpa sua».

«Mi sono messa a correre, perché avevo la sensazione che qualcuno mi spiasse. Era buio e mi sono spaventata».

«L'ho immaginato. Da quel momento gli ho proibito di continuare. Bastava solo che ascoltasse le chiacchiere su di lei».

«È stato lei a far mettere fiori sulla tomba di Angela?»

«La seconda moglie di Emilio mi ha raccontato l'intera storia. Lo zio gliela aveva rivelata prima di morire. Lui si è sentito sempre in colpa per quello che era successo ad Angela. Quando ne sono venuto a conoscenza, l'ho cercata. Ma anche lei era ormai deceduta. Mi è sembrato una sorta di espiazione tenere almeno in ordine la sua ultima dimora».

«Un mazzo di fiori post mortem non mi sembra una grande forma di riparazione», rispondo arrabbiata.

«Al suo ritorno dalla guerra qualcuno in paese gli aveva raccontato della sorte di lei. A sua discolpa, non pensava che fosse ancora ricoverata. Ma è anche vero che non ha fatto nulla per aiutarla. Una volta andò a trovarla al San Martino, ma lei non lo riconobbe».

«Cosa vuole da me?»

«Vorrei sapere cosa vuole farne del materiale che ha raccolto».

«Sto scrivendo un libro su Angela e la sua tragica storia d'amore. Ma non si preoccupi, non ci saranno cognomi nel romanzo».

«Mio zio era una brava persona. Era un uomo del suo tempo e non ha avuto il coraggio di andare contro le regole sociali dell'epoca. Nella vita tutti possono sbagliare. Per me è stato come un secondo padre».

«La sua vigliaccheria ha costretto una giovane donna a vivere per gran parte della sua esistenza in manicomio. Lui è andato avanti, si è sposato, ha avuto una vita. Lei niente di tutto questo».

«Anche se non scrive il suo cognome, mio zio è facilmente riconoscibile a causa di quella maledetta villa. Ormai sono entrambi morti. Perché vuole infangare il suo nome? A chi importa ormai?»

«A me importa. Buona giornata».

Mi alzo per andarmene, quando sento alle spalle la sua voce.

«Mia zia sosteneva che la maledizione di Angela gli avesse rovinato la vita. Divorziò dalla prima moglie dopo pochi mesi. Non ebbe figli, per quanto li desiderasse. Non abitò mai in quella casa se non per brevi periodi, perché gli sembrava di vedere il fantasma di lei. Ha trovato un po' di pace solo con il secondo matrimonio».

Senza voltarmi gli rispondo, «La lontananza e il tempo cancellano la memoria di chi può andare avanti. Angela non lo ha potuto dimenticare. La sua intera esistenza è stata marchiata dal suo amore infelice e mai corrisposto. Pace lei non ne ha avuta mai».

Catania, 5 Febbraio 2017 - Como, 10 Novembre 2018

La storia tra Angela ed Emilio, secondo i miei calcoli, è nata, maturata e morta tra Novembre 1937 e Aprile 1938.

Cinque soli mesi è durato il sogno di lei. Una scommessa fatta sulla speranza di un futuro migliore, persa forse fin dall'inizio.

Il pegno pagato sono stati più di trent'anni di internamento psichiatrico.

Quasi due anni di ricerche per ricostruire le vite di Angela ed Emilio.

Il mio percorso è iniziato dal museo della Follia di Vittorio Sgarbi a Catania, e finisce con un'altra mostra fotografica, quella che si è tenuta al Broletto di Como, "*Donne cancellate - immagini tratte dall'Archivio dell'Ospedale Psichiatrico San Martino*", curata dall'Associazione Onlus oltre il Giardino.

Gente intervistata, libri letti, archivi consultati, chilometri fatti in auto e in treno.

Ora è finita, ho messo un punto alle mie investigazioni, anche se ci sarebbe ancora molto da scoprire.

Ho cercato così tanto, che a volte mi arriva ancora qualche frammento di informazione.

Questa storia è stata costruita come una coperta patchwork: differenti brandelli d'informazione cuciti insieme da un unico filo rosso. Da soli non avrebbero

avuto senso, insieme hanno riportato alla luce Angela
e il suo mondo.

Ma è stato anche un percorso a ritroso alla scoperta
di me stessa e delle mie radici, passato attraverso gli
occhi delle mie antenate. Ne sono uscita arricchita e
più matura. Trovando lei, ho anche risolto delle mie
parti in ombra.

Non solo.

Ho dato forma, attraverso i racconti degli Anziani, a
donne della mia famiglia paterna. Tra queste la
trisnonna Regina, eroina di un piccolo mondo antico
femminile, così distante da quello attuale.

Vorrei ringraziare tutte quelle donne che hanno
combattuto per donare un futuro migliore alle loro
figlie e nipoti.

Non sarei come sono, se non ci fossero state loro.

Termina così la mia ricerca, ma non la storia di
Angela ed Emilio.

Lei entrò e uscì dal manicomio di San Martino fino
al giorno della sua morte, nel 1985.

Di Emilio ho trovato qualche notizia in più, ma non
sono importanti per questa vicenda.

Morì un paio di anni prima di Angela. Venne

sepolto a Lugano nella tomba di famiglia.

Non avrò mai la certezza di come sia andata realmente la vicenda.

Ho scritto una storia basandomi su poche prove concrete, molti indizi e tante voci.

Ma in realtà è poi così importante sapere come sia andata?

Dopotutto la Vita è spesso solo finzione.

Ombretta è entrata nel mio studio. È così radiosa, come non l'ho vista mai.

«Che ti succede? Sei innamorata?», esclamo guardandola mentre si lascia andare su una poltrona.

«Sono conquistata dalla vita», scherza lei. Estrae dallo zaino una cartelletta arancione e me la lancia sulla scrivania.

«Ecco il manoscritto. Ho finito di correggere le ultime pagine ieri notte e ho aggiunto anche un mio commento finale. Ora è tutto tuo. Prima di uscire da casa, te ne ho inoltrato una copia anche via email».

Lo sfoglio veloce, poi controllo di avere ricevuto anche la sua email con l'allegato.

«In redazione non vedono l'ora di leggere la versione finale. Come ti senti ora? Sei triste? Non è facile mettere un punto a un lavoro a cui hai dedicato due anni».

«Non mi sentivo così libera da non so quanto tempo. Scoprire la verità su di lei era diventata la mia unica ragione di esistere, quasi un'ossessione. Scrivere la storia di Angela mi ha fatto maturare».

«In che senso?», le chiedo curiosa.

«Entrare nel suo dolore, viverlo come se fosse il

mio, mi ha liberato dall'angoscia, e mi ha resa più matura e consapevole. Ora sono pronta a ricominciare».

Ombretta si alza veloce dalla poltrona mentre chiude il suo zaino, «Ora però devo andare».

«Scendo anch'io, così prendiamo insieme la metropolitana».

«Sono in bicicletta, ormai viaggio solo così. Aspetto tue notizie».

Un abbraccio veloce ed è già uscita.

Un quarto d'ora dopo Ombretta ha incontrato un'auto sulla sua strada. Il guidatore stava litigando al cellulare con la fidanzata e non l'ha vista.

Sono arrivata per caso sul luogo dell'incidente, dove ho riconosciuto la sua bicicletta abbandonata sull'asfalto. L'ho chiamata mentre correvo verso un gruppo di gente raccolta. Mi sono fatta avanti sgomitando tra la folla riunita, fino ad arrivare in prima fila. Lei era lì, sembrava una marionetta rotta.

È stata sbalzata sul marciapiede. Dicono che probabilmente non se ne sia nemmeno accorta. Sul suo viso aleggiava ancora un pallido sorriso. Solo un rivolo di sangue dietro l'orecchio denunciava la sua morte.

Non mi capacito della sua scomparsa. Finalmente aveva raggiunto lo scopo, vedere il suo romanzo pubblicato. Perché è morta?

Mi sento persa senza di lei. A chi racconterò le mie disavventure amorose? Lei era il mio punto fermo. C'era sempre per me, e io per lei.

Sono furiosa. Perché non mi ha aspettato? Perché quella mattina ha preso la bicicletta? Perché quel disgraziato parlava al cellulare mentre guidava?

Le sue lacrime e urla dopo l'incidente mi fanno ancora più infuriare. Era così importante quella telefonata da non poter aspettare?

A volte penso che l'esistenza di Ombretta e quella di Angela fossero intrecciate tra di loro. Ombretta si è realizzata solo quando ha riportato alla luce la storia di Angela. Ma quando ci è riuscita, la sua vita non ha avuto più senso. I due cicli si sono conclusi. Ma questi sono solo miei pensieri peregrini, ormai poco importa.

Di lei mi è rimasto il suo manoscritto.

Sono passati sei mesi. Oggi le avrei annunciato l'uscita del suo libro. Questa notizia l'avrebbe resa felice. Ci teneva così tanto che Angela uscisse dal mondo degli Invisibili.

Mi piace credere che si siano ritrovate da qualche parte oltre la Morte e stiano ridendo di quanto sia beffarda la vita, e di quanto siamo sciocchi noi umani a continuare a prenderla così sul serio.

Dopotutto, parafrasando Konrad Lorenz, basta il batter d'ali di una farfalla per provocare un tornado in una sola esistenza.

Ringraziamenti

Ho scritto questo romanzo basandomi liberamente su una storia vera.

I nomi delle protagonisti del libro sono stati cambiati per tutelare la loro identità. Alcuni membri dei vari nuclei famigliari sono stati cancellati, perché non servivano alla storia.

Invece per Angela ed Emilio ho scelto di mantenere i loro nomi di battesimo, anche se ho omesso il cognome per renderli meno identificabili.

Ombretta, invece, e i personaggi inerenti a lei, sono di pura invenzione narrativa. Sono stati creati per raccontare lo svolgersi della mia ricerca durata circa due anni.

Pur essendomi ispirata alla vita di donne realmente vissute, non tutto ciò che ho scritto corrisponde a verità. Alcuni degli episodi raccontati sono stati estrapolati da altre vite raccontatemi, mentre altre sono frutto della mia fantasia.

I documenti utilizzati nel libro sono tratti da materiale esistente, trovato durante le mie ricerche negli archivi consultati.

Non ho nessuna tipo di esperienza nel campo dell'investigazione, ho proceduto quindi per tentativi e "illuminazioni". Ho travolto con il mio entusiasmo chi è capitato sulla mia strada, in particolare gli impiegati pubblici, gli archivisti, e tutti quelli che si sono trovati coinvolti in questa vicenda.

Questi si sono ritrovati dall'altra parte del filo del telefono con me che testarda chiedevo loro sempre la stessa informazione fino a ottenerla, dilungandomi nello spiegare loro il motivo per cui mi serviva.

Li voglio ringraziare per la pazienza nei miei confronti. Mi hanno assecondato, spesso fornendomi ulteriori informazioni che pensavano potessero essermi utili per andare avanti.

Alcuni sono stati così entusiasti di darmi una mano, da trasformarsi in miei informatori *in incognito*.

Altre volte, sono stati preziosi semplicemente nel suggerirmi libri da consultare o persone da intervistare.

Tra i tanti, ricordo un impiegato che si era chiuso in ascensore durante tutto il nostro colloquio. Non voleva farsi sentire dai suoi colleghi mentre mi dettava i termini di legge da inserire nella raccomandata per accelerare la pratica, e il nominativo della persona a cui inoltrarla.

Il suo aiuto è stato risolutivo, perché l'ufficio indicato poi mi ha preso in considerazione e la mia richiesta è così andata avanti.

Vorrei inoltre ringraziare:

Luigi, Giacomo ed Ezio Basilico per l'importante contributo per capire chi fosse Angela e la sua famiglia.

Don Adriano Spolaor, parroco della Manera e il suo archivista Vicenzo Banfi per la loro ricerca nei libri degli Annali.

Renzo Giobbio per il suo prezioso contributo sulla storia del ricamificio Martinetta e del periodo in cui Angela era lì impiegata. Inoltre per il suo fondamentale aiuto per trovare operaie del ricamificio del periodo in cui era vissuta Angela, tra cui la signora Angelina.

Riccardo Clerici incontrato a Sifnos e prezioso contatto per riallacciare le fila della mia storia.

Rosangela Arrighi e il signor Ruggero per le notizie sulla storia di Lomazzo.

Anna Padalino, ex caposala del San Martino, guida preziosa per conoscere il manicomio dall'interno.

Il professor Gianfranco Giudice che mi ha fornito aiuto prezioso sulla storia del manicomio San Martino di Como.

Gli archivisti di Milano, Lugano e Lodi, preziosi collaboratori nella ricerca dei documenti inerenti alla vita di Angela ed Emilio. In particolare Lorenzo Perazza per la sua faticosa ricerca della cartella clinica di Angela nell'Archivio di Lodi.

Il dottor Daniele Barattini, psichiatra, che ha letto e spiegato la cartella clinica di Angela.

Susanna Barbaglia, mia editrice, per il suo entusiasmo nel credere in questo libro, e Alessandro Nodari per la magnifica copertina. Ma soprattutto entrambi per avere letto il manoscritto in cerca di errori.

Infine Irene Burini, mia compagna di viaggio a Catania e Sifnos e ascoltatrice paziente in questi anni dell'evolversi della storia di Angela.